CW01083989

HWANG Sok-yong

Au soleil couchant

Roman traduit du coréen par
Choi Mikyung et Jean-Noël Juttet

TRADUIT ET PUBLIÉ AVEC LE CONCOURS
DE LA FONDATION DAESAN, SÉOUL

Éditions Picquier

DU MÊME AUTEUR
AUX ÉDITIONS PHILIPPE PICQUIER

Princesse Bari
Toutes les choses de notre vie
La Route de Sampo

Choi Mikyung est professeur à l'Ecole supérieure de traduction et
d'interprétation de l'université féminine Ewha, Séoul.

Titre original : *haejip muryeop*

© 2015, Hwang Sok-yong
© 2017, Editions Philippe Picquier
   pour la traduction française
© 2019, Editions Picquier
   pour l'édition de poche

   Mas de Vert
   B.P. 20150
   13631 Arles cedex

www.editions-picquier.fr

En couverture : © Amaia Arozena & Gotzon Iraola / Getty Images

Conception graphique : Picquier & Protière

Mise en page : M.-C. Raguin, www.adlitteram-corrections.fr

ISBN : 978-2-8097-1435-7
ISSN : 1251-6007

1

Ma conférence était terminée.

On a éteint le projecteur, l'image s'est évanouie sur l'écran.

J'ai bu la moitié du verre d'eau posé sur le pupitre, puis je suis descendu de la tribune pour m'approcher du public qui déjà se levait dans un grand brouhaha. Des motivations diverses avaient attiré une audience nombreuse à mon intervention intitulée « Urbanisme et développement du centre historique ». Guidé par l'adjoint au maire responsable de la commission de la planification, je me suis dirigé vers le hall d'entrée de l'auditorium. Devant moi, les gens se pressaient vers la sortie quand une jeune femme s'est approchée en remontant à contre-courant dans la foule :

— Monsieur, s'il vous plaît !

Elle était habillée sans chichi, jean et tee-shirt, et sans maquillage, les cheveux coupés au carré. Je me suis arrêté.

— J'ai quelque chose pour vous.

Surpris, je l'ai dévisagée une seconde avant de baisser les yeux sur le bout de papier qu'elle me tendait. Y étaient notés un nom en gros caractères et des chiffres en plus petit, sans doute un numéro de téléphone.

— De quoi s'agit-il ? ai-je demandé en prenant le papier.

Mais déjà elle s'éloignait à reculons.

— C'est de la part de quelqu'un qui vous a bien connu par le passé… et qui souhaiterait vivement que vous l'appeliez.

La jeune femme s'est éclipsée et noyée dans la foule sans me laisser le temps de poser des questions.

Donnant suite à un SMS envoyé par l'épouse de Yun Byeonggu, un ami d'enfance, je me suis rendu à Yeongsan. C'est là que j'ai fait mes études primaires. Yun était un camarade de classe. Il habitait la maison juste derrière chez nous. Au centre de la ville, résidaient les propriétaires des commerces alignés le long de la nouvelle rue centrale, les fonctionnaires, les enseignants, les employés de la mairie ; quelques propriétaires terriens disposaient de maisons individuelles donnant sur des jardins assez grands et bien entretenus. Mon père était secrétaire de mairie. Il lui fallait faire vivre femme et enfants avec le tout petit salaire que lui rapportait son modeste emploi.

La guerre avait dévasté le pays, mais Yeongsan n'avait pas beaucoup souffert : la ville se trouvait sur la rive sud du Nakdong, le fleuve marquant la limite des provinces méridionales épargnées par les combats. Si j'en crois ma mère, c'est à ses hauts faits militaires que mon père, revenu vivant du front, devait son emploi dans les services communaux : il s'était illustré dans un combat pour la maîtrise d'un col, ce qui lui avait valu une décoration ; mais comme il avait déjà travaillé à la mairie sous l'occupation japonaise, cela avait aussi joué en sa faveur. A la différence des jeunes paysans un peu rustiques de son entourage, lui avait fait l'école primaire, il savait lire le japonais et le chinois. Les Six Codes juridiques et *La Science de l'administration publique*, vieilles éditions aux tranches jaunies par le temps, étaient rangés bien en ordre sur sa table de travail. C'est grâce à son savoir que, plus tard, nous avons pu quitter cette petite ville de province et « monter » à la capitale, et qu'il a pu faire vivre sa famille honorablement. Nous étions pauvres, mais outre sa solde de fonctionnaire, nous bénéficiions d'un approvisionnement en riz fourni par une parcelle de terre d'une trentaine d'ares que ma mère avait reçue en dot de son père à l'occasion de son mariage.

Notre maison, toute en longueur – trois pièces reliées par un *maru*[1] central –, était plantée sur le versant d'une colline à la périphérie de Yeongsan.

---

1. Espace de plancher de la maison traditionnelle (non chauffé à la différence des chambres).

Celle de Byeonggu se trouvait juste au-dessus de la nôtre, séparée par un mur mitoyen de pierres ; une toute petite chaumière au sens propre du terme – deux pièces et une cuisine –, avec des murs de terre et un toit de chaume remplacé, plus tard, par des lauses. Dans notre petite enfance, nous étions des copains, mais sans plus. L'année où j'ai terminé mes études primaires, ma famille a quitté Yeongsan pour venir s'installer à Séoul. Byeonggu, je ne l'ai revu que plusieurs dizaines d'années plus tard, quand j'avais presque quarante ans. Dans le café d'un hôtel en plein centre de Séoul.

— Tu ne me reconnais pas ?

Il s'était adressé à moi avec un fort accent du Gyeongsang, et moi je ne l'avais pas remis tout de suite. Il portait la tenue standard des cadres de l'époque, veston bleu foncé et chemise blanche au col rabattu sur la veste. En l'entendant prononcer son nom et celui de Yeongsan, la magie avait opéré, et son surnom de l'époque avait jailli de ma bouche :

— Patate-Brûlée ? C'est toi, Patate-Brûlée ?

Quand on se retrouve après plus de vingt ans de séparation, on ne sait pas trop quoi se dire, même entre frères de sang. On parle un peu de sa famille, de sa situation, on pose les mêmes questions à l'autre, on sirote son café, on échange des cartes de visite et on se quitte en se promettant, sans trop insister, de se revoir un jour prochain autour d'un verre. En général, on ne se revoit pas, ou, à la rigueur, on échange quelques coups de fil. Et, si on parvient tout de même à se retrouver autour d'un verre, le dialogue n'avance qu'à tâtons et bien vite la rencontre s'enlise parce qu'on n'a pas grand-chose à se dire. On a chacun ses propres centres d'intérêt, et lorsqu'on n'a plus rien en commun, même au sein de la famille, les rencontres se limitent aux funérailles. Mais si entre Yun et moi, notre relation s'est renouée, c'est parce que moi, je travaillais en tant qu'architecte pour l'agence Hyunsan, et que lui venait d'acquérir la société Yeongnam, une entreprise de construction de taille moyenne. Le simple fait de s'entendre appeler par le surnom qu'il portait dans son enfance lui avait fait monter les larmes aux yeux. Tout en balbutiant et serrant mes deux mains, il s'étonnait de ce que je ne l'aie pas oublié.

Tous les matins, il m'appelait par-dessus le mur, dans l'ombre d'un orme immense, pour qu'on aille ensemble à l'école. Sa bicoque était la dernière d'un ensemble de modestes maisons construites sur un terrain en pente parsemé de pins étiques, appartenant à la commune. Après la guerre, dépossédés de leur contrat d'exploitation, les fermiers des environs s'étaient petit à petit regroupés sur ce versant où ils avaient construit des logements de fortune, faits de terre et de pierres. Ils avaient fini par constituer un hameau de plusieurs dizaines d'habitations. Ils survivaient grâce à de petits boulots de plâtrier, menuisier ou manœuvre, et en donnant un coup de main dans les fermes à la saison des récoltes. C'est là que je suis né, c'est sous l'un de ces toits que j'ai grandi. Byeonggu avait emménagé derrière chez nous quand nous étions en troisième année de primaire – mais je n'en suis pas tout à fait certain. Le jour où sa famille s'est installée, il est venu faire ma connaissance. Nous sommes allés nous amuser tout l'après-midi dans la montagne. Je me souviens que sa mère, une femme très gentille, avait un jour fait cadeau à ma famille d'une pleine gourde de patates douces qu'on lui avait données à la ferme où elle était allée prêter main-forte pour la récolte. Byeonggu apportait souvent deux ou trois patates douces pour son déjeuner à l'école. Quant à son père, on ne savait pas trop où il passait. Les rares fois où il apparaissait, il était ivre, il gueulait comme un putois et battait sa femme. Il travaillait, disait-on, comme contremaître sur un site de construction dans une ville proche.

Si je n'ai jamais oublié Byeonggu, c'est surtout à cause d'un incendie que nous avions provoqué en faisant griller des patates douces sur un feu de bois dans la montagne derrière chez nous. Pendant qu'on était occupés à peler les patates chaudes, les feuilles sèches avaient pris feu. Tous les deux, on s'était donné un mal fou pour tenter de maîtriser les flammes en les foulant aux pieds, en les fouettant avec notre chemise. En vain. Le feu s'était propagé en tous sens en un instant. J'avais couru au village en criant au feu. Sortis des chez eux par dizaines, les gens s'étaient rués à la montagne. Ce n'est qu'à la tombée du jour et après s'être donné beaucoup de mal qu'ils avaient réussi à maîtriser l'incendie.

Fuyant le tumulte, Byeonggu et moi avions trouvé refuge dans la grande salle de la mairie. L'endroit avait abrité un temple shinto sous l'occupation japonaise. Maintenant, il servait aussi bien de salle des fêtes que de salle de taekwondo. Nous nous étions endormis, l'un contre l'autre, dans l'obscurité complète. Nos familles, secondées par les gens des environs, avaient erré très tard dans la montagne à notre recherche. Le lendemain, à l'école, nous avions pu mesurer à quel point nous étions devenus célèbres dans toute la ville. On nous avait condamnés à rester debout devant la salle des professeurs avec un panneau à la main : « Attention au feu ! » C'est à ce moment-là que Byeonggu avait hérité de son surnom de « Patate-Brûlée ». Je ne sais plus qui avait pris l'initiative de l'appeler ainsi. Un surnom qui seyait parfaitement au garçon qu'il était, de petite taille, rondelet, avec un visage tanné et des yeux noirs où luisait la flamme de la malice.

Le hasard a voulu que je fasse des études d'architecture et que lui devienne directeur d'une entreprise de construction. Mais si nous avons renoué des liens, c'est parce que nous avions besoin l'un de l'autre. Dans ce restaurant japonais

11

où nous nous sommes retrouvés après plusieurs dizaines d'années, il m'a raconté tout ce qui s'était passé à Yeongsan après mon départ avec ma famille.

Ces années-là ont apporté à chacun son lot de larmes et de sueur, dont personne ne songe à tirer fierté. Il serait bien futile de reprocher aux jeunes d'aujourd'hui leur incapacité à sentir le goût de l'eau du robinet dont on se calait l'estomac dans les semaines où le riz, en attendant la récolte, faisait défaut.

Byeonggu avait abandonné ses études en cinquième année de primaire. Il figurait parmi les derniers de sa classe. Ses frais de scolarité restaient souvent impayés. Il passait son temps à glander, ou bien faisait des petits boulots comme vendeur de journaux ou de bricoles au terminal de bus. Il a même été l'assistant d'un chauffeur de camion. Son père ne se montrant plus du tout à la maison depuis pas mal de temps, sa mère avait trouvé un emploi dans un restaurant en ville, et sa petite sœur était partie apprendre la coiffure. Au cours des années 1970, Byeonggu et moi avons fait notre service militaire chacun de son côté. Je l'ai fait plus tardivement que lui car, étudiant, j'ai bénéficié d'un sursis. Lui, affecté dans le génie, a appris à conduire les engins de chantier, ce qui lui a servi de tremplin pour sa vie future. Quand il a été démobilisé avec, en main, un diplôme de conducteur d'engins, il s'est tout de suite lancé dans les grands travaux de modernisation des campagnes promus par les autorités à l'époque.

Il a commencé en louant des pelleteuses Poclain pour prendre part aux travaux d'aménagement des terres agricoles.

Le projet de modernisation des campagnes lancé dans le cadre du mouvement Saemaeul (Nouveaux Villages) imaginé par le gouvernement militaire consistait à regrouper en exploitations de taille moyenne les parcelles de moins d'un are et les lopins abandonnés par les fermiers qui, ne parvenant plus à survivre à la campagne, étaient partis en ville. Il s'agissait, avant tout, de remembrer les rizières et redessiner le réseau des canaux d'irrigation. Ces travaux étaient engagés, dans chaque région, par des personnalités locales influentes avec le concours des mairies. A Yeongsan, Byeonggu leur a prêté un concours diligent. Ensuite, augmentant le nombre de ses machines, il s'est attelé à la construction de routes locales, puis il s'est affranchi de la commune pour obtenir des chantiers dans toute la province. Dans le même temps, il a élargi son champ d'action en faisant la connaissance de parlementaires et de magistrats. Titulaire de plusieurs cartes de visite, il est devenu une personnalité multifonctions : patron d'une entreprise de construction, mais aussi conseiller d'un parti politique, membre d'une commission pour l'orientation de la jeunesse, membre d'un comité d'attribution de bourses, d'un conseil pour la jeunesse, du Rotary Club, du Lions Club, etc. A l'époque où nous nous sommes revus, il venait de se lancer dans la construction de complexes immobiliers dans les grandes villes après avoir racheté une entreprise en dépôt de bilan. Par la suite, nous avons été amenés à nous appeler plus d'une fois pour nos affaires et il nous est même arrivé de travailler ensemble sur des chantiers de construction.

Le SMS que j'avais reçu de sa femme disait : « Mon mari est très mal. Déjà avant qu'il ne tombe malade, il souhaitait vous revoir. S'il vous plaît, venez le voir. »

Ça ne me disait pas vraiment d'y aller. Pourquoi ai-je cédé ? Peut-être à cause des mots que Kim Ki-yeong m'avait adressés quelques jours plus tôt. « Espace, temps, humanité ? Quelle place avez-vous réservée à l'homme dans vos projets architecturaux ? Si on veut mesurer cette place dans vos réalisations, vous aurez bien des raisons d'avoir des regrets avant votre mort. Que ce soit monsieur Hyunsan ou vous-même, vous allez devoir faire votre examen de conscience. »

Kim Ki-yeong est de la promotion au-dessus de la mienne à la fac. J'ai évité de polémiquer avec lui non pas parce qu'il était en train de se battre contre un cancer à un stade avancé, mais parce que c'est quelqu'un que j'aime beaucoup. J'aime son innocence un peu sotte, l'amour à sens unique qu'il voue aux êtres humains et au monde, je l'aime sincèrement, je le dis sans arrière-pensées. Certains considèrent que son idéalisme est dû à un manque de compétence, mais pour moi, justement, c'est son idéalisme qui est sa vraie compétence. La bienveillance dont je fais preuve à son égard vient de ce que le misanthrope que je suis garde une certaine distance avec lui. Il y a fort longtemps, je suis arrivé à la conclusion qu'on ne peut pas faire confiance à l'homme. Avec le temps, on filtre les choses, on les déforme, on les rejette. Et même la petite quantité qu'on garde finit par rester enfermée dans le grenier de la mémoire comme autant d'objets vétustes et sans utilité. Cela dit, avec quoi construit-on un immeuble ? Ce qui décide de tout, c'est l'argent et le pouvoir. Et ce qu'on retient et qui demeure, ce sont les formes que l'argent et le pouvoir ont dessinées.

A peine le col franchi, on atteint le centre de la commune. Je me souviens de cette nuit où nous en étions partis pour aller vivre à Séoul. Mon père et ma mère étaient assis à côté du chauffeur du camion, mon petit frère et moi nous nous tenions accroupis entre les meubles et les cartons dans le fourgon. Le véhicule tressautait dans les trous, penchait de côté et d'autre sur la route non goudronnée. La vaisselle et les ustensiles de cuisine regroupés dans un bac faisaient un grand vacarme. La moitié des pièces de porcelaine furent brisées. Le lendemain, au petit matin, quand nous eûmes atteint la route nationale, nous sommes descendus enfin du camion pour avaler une soupe. Le soir de notre départ, nous n'avions pas eu le temps de dîner avant de partir ; aussi nous étions-nous jetés sur la soupe chaude et le bol de riz qui l'accompagnait. « On part de nuit comme des voleurs… », avait murmuré ma mère avant d'éclater en sanglots.

J'étais déjà retourné à Yeongsan, il y a une quinzaine d'années. A ce moment-là, Byeonggu se démenait pour acquérir une maison dans sa province natale. Il m'avait dit, avec le plus grand sérieux, qu'on ne doit jamais oublier ses origines. J'avais acquiescé ostensiblement, avec un rire forcé, quoiqu'éprouvant une certaine gêne à l'entendre dire cela. N'avait-il pas, lui, détruit la vieille demeure de la famille Cho – un grand propriétaire terrien de Yeongsan –, puis installé la sienne dans le bois de pins du haut duquel il avait une vue dégagée sur le lac ? Déjà à ce moment-là, le centre de cette petite ville était devenu méconnaissable. On dit que le temps passe plus lentement à la campagne qu'à la ville, pourtant ceux qui étaient partis avaient, à leur retour, l'impression de voir un film en accéléré. Quiconque revenait par la force des choses au bout d'une décennie qui avait filé comme s'il s'était agi d'un jour découvrait que tous les visages familiers avaient disparu, et qu'un paysage urbain tout pareil à celui de Séoul s'était installé de chaque côté de la rue centrale. Tout cela s'était passé en accéléré, comme on voit défiler le paysage par la fenêtre d'une voiture lancée à toute vitesse.

Dès qu'elle m'a aperçu, la femme de Byeonggu a séché ses larmes dans son mouchoir. Elle était institutrice à l'école de la ville quand elle l'avait épousé au début des années 1980, époque où ses affaires à lui prenaient bonne tournure. J'estime qu'il avait trouvé un bon parti sans faire trop de tralala. A la porte de la chambre du malade, elle a marmonné comme pour elle-même :

— Je lui ai dit je ne sais combien de fois de ne pas se mêler de politique…

Byeonggu venait d'être opéré, il était dans le coma. Peut-être était-ce mieux ainsi. Sinon, il aurait dû se présenter au tribunal la semaine suivante. Tous ceux qui étaient inculpés dans cette affaire s'étaient sans doute sentis soulagés en apprenant son état de santé. Je suis resté assis long-temps au chevet de mon ami immobile comme un mort, connecté à toutes sortes de tuyaux. Le bas du visage était couvert par un masque d'assistance respiratoire. Son fils aurait voulu le faire transférer dans un hôpital départemental, mais sa mère l'en avait dissuadé vu son état critique, redoutant ce qui pouvait survenir en route. Pendant le dîner, j'ai demandé à son fils pourquoi son père avait voulu me voir. Byeonggu, a-t-il répondu avec gravité, souhaitait construire un mémorial sur l'emplacement de mon ancienne maison :

— Il disait qu'en regroupant votre terrain et la parcelle voisine, on dégageait une surface de mille cinq cents mètres carrés. On y érigerait une fondation culturelle dont vous dessineriez les plans.

— On en reparlera quand ton père sera un peu remis, ai-je répondu en me gardant de glousser.

Le fils de Byeonggu, gestionnaire de fait de l'entreprise créée par son père, a convenu que ce n'était pas le bon moment pour parler de cela. A table, il a regardé son portable à plusieurs reprises, ne se gênant nullement pour donner des ordres à haute voix. Il se faisait du souci, me disait-il, à cause de la baisse sensible de la population dans les petites villes de province comme Yeongsan. Dans beaucoup de communes rurales, les maisons n'étaient plus occupées que par des personnes âgées vivant seules, certaines étaient même carrément abandonnées. Depuis longtemps, on ne voyait plus l'ombre d'un jeune, a-t-il poursuivi avec le souci de faire valoir sa connaissance de la situation dans les campagnes. Ce qu'il disait n'était pas faux ; d'ailleurs, tout comme moi, il ne venait plus dans ce coin qu'une ou deux fois par an.

La nuit était tombée. Je suis allé dormir dans un motel qu'il m'avait réservé. Une construction moderne. A chaque extrémité du couloir étaient installées des caméras de surveillance. On pouvait tout contrôler par télécommande, de la lumière au téléviseur. J'ai eu du mal à m'endormir dans cette chambre étrangère. J'ai tiré les rideaux autant qu'il était possible pour endiguer la lumière de la rue tout en me demandant si l'on avait vraiment besoin de tous ces lampadaires à la campagne.

Je me suis réveillé tôt. L'horloge électronique brillait sur la table, indiquant 7 h 10. Depuis tout jeune, j'ai toujours aimé dormir le matin. Dans mon agence, à la différence de ce qui se passe ailleurs, chacun est libre d'accomplir ses tâches à son gré, de s'affranchir des petites corvées courantes comme il l'entend. La créativité y trouve son compte. Je ne m'y rends que deux ou trois fois par semaine vers dix heures du matin, et, quand il ne se passe pas grand-chose, je rentre à la maison en début d'après-midi. Moi qui ai passé toute ma vie à travailler la nuit, j'ai pris l'habitude de n'émerger qu'une fois que les autres sont partis au bureau.

Bien qu'il fût encore tôt pour moi, je ne me sentais pas d'humeur à rester au lit dans cette chambre. Je suis sorti dans la grand-rue. Le terminal des bus qui assurent les liaisons régionales était tout près. Les gens de la campagne sont toujours plus diligents. Déjà il y avait du monde, les taxis faisaient la queue. Tout en marchant, je pestais contre le nombre de véhicules encombrant la rue principale d'une si petite ville. A la place des commerces au toit bas d'autrefois s'élevaient maintenant des immeubles de deux ou trois étages. La route elle-même, tout en conservant le même tracé, avait été de beaucoup élargie.

Tournant à droite au carrefour et passant devant la mairie et la salle des fêtes, je suis parvenu au col. Le bois de pins qui devait se trouver par là avait disparu. Une route à deux voies s'était substituée au petit chemin d'antan. Le mur de pierres qui le bordait des deux côtés avait lui aussi disparu. Des immeubles à deux ou trois étages longeaient la rue. C'est grâce à des dalles de ciment recouvrant un conduit d'eaux usées que j'ai eu la certitude que je ne m'étais pas trompé de direction. Jadis coulait là un petit ruisseau. Mon père, rentrant ivre, y était tombé une fois. C'est là aussi que j'ai passé beaucoup de temps de mon enfance à attraper des grenouilles.

J'ai aperçu une ou deux maisons à travers les champs. Mais pas la mienne. Quelqu'un l'habitait encore, bien qu'elle fût très délabrée, quand j'étais revenu quinze ans plus tôt. Elle avait dû subir le sort des autres bicoques, d'abord abandonnée puis abattue. Je me suis souvenu du grand orme qui s'élançait près de chez Byeonggu. Il n'était plus là. En fait, si, il y était encore, mais dépourvu de branches : il n'en restait que le tronc, mort, couvert de champignons. La maison de Byeonggu avait été rasée, cédant la place à une assez grande plantation de piments alignés en longs sillons abrités sous un film de plastique noir. Derrière, la montagne était couverte d'une végétation plus verte et plus drue.

Je demeurais perplexe face à la modernité de ce bourg qui avait vu partir plus de gens qu'il n'en était resté. Le centre tel que je l'avais découvert depuis mon hôtel, les commerces, les quartiers d'habitation, ces immeubles de deux ou trois étages en forme de boîtes, tout dessinait un paysage désolant. On n'apercevait plus ces fumées au-dessus des toits bas aux heures des repas. Du haut de la colline, l'image que j'avais sous les yeux de cette petite ville de province aurait pu passer pour celle d'un quartier de la périphérie de Séoul. Patate-Brûlée, mes parents décédés depuis long-temps, mon enfance et même le bourg où j'ai passé les premières années de ma vie, tout cela me semblait n'avoir jamais existé.

Dans la matinée du samedi, j'ai reçu un appel des Etats-Unis. C'était ma fille. Elle m'appelait pour me raconter tranquillement ce qui s'était passé au cours de ce dernier mois. Elle est mon enfant unique, qui vit aux Etats-Unis. Docteur en médecine, elle travaille dans un hôpital général. Elle a épousé un professeur américain. Elle était partie faire ses études là-bas et, son diplôme en poche, s'étant mariée sur place, elle est restée, tout naturellement. Dans un premier temps, ma femme s'est livrée à des navettes fréquentes entre la Corée et les Etats-Unis. A présent, elle semble avoir choisi de rester là-bas elle aussi de manière perma-nente : cela fait déjà quelques années qu'elle n'est

21

plus revenue à Séoul. Plusieurs membres de sa famille à elle vivent là-bas. Notre vie conjugale battait de l'aile depuis une bonne dizaine d'années. Les choses se sont aggravées ces derniers temps, de façon irrévocable. Ma fille m'a parlé du nouvel appartement où sa mère vient d'emménager, de retrouvailles avec des membres de sa famille à elle, ses tantes, à l'occasion de la pendaison de crémaillère. « Papa, toi, ça va ? Maman me dit de te dire de ne pas oublier de prendre tes médicaments pour ta tension. » Si ma femme s'est installée dans un nouvel appartement près de chez notre fille, il est clair qu'elle n'a pas envie de rentrer en Corée.

Pris d'une envie soudaine de fumer, chose qui ne m'est pas arrivée depuis longtemps, je me suis mis à fouiller un peu partout. Il devait bien y avoir quelque part un de ces paquets de Marlboro que je fumais quand j'étais à court d'idée dans mon travail de conception. Le briquet, je l'ai retrouvé sur le bureau à côté de la lampe. J'ai ouvert les tiroirs, puis sondé les poches de mes costumes dans l'armoire. Tandis que je palpais le paquet à travers l'étoffe et que j'essayais de le dégager, quelque chose est tombé. Deux cartes de visite et un bout de papier gisaient à mes pieds. L'une des cartes était celle d'un agent de la mairie, l'autre, d'un journaliste travaillant pour un magazine. Et puis cette note manuscrite… J'ai posé tout cela sur ma table. J'ai allumé une cigarette. Sans y porter beaucoup d'attention, j'ai lu le nom écrit en gros caractères sur le papier. Je l'ai répété dans ma tête. Cha Soona. Un nom oublié, enfoui au fond de ma mémoire depuis des décennies. Je me suis rappelé la jeune femme qui m'avait tendu ce bout de papier la semaine précédente. Aussitôt après la conférence, j'avais eu un entretien avec un journaliste travaillant pour un magazine d'architecture avant d'aller boire avec des connaissances. Ensuite, j'avais eu des journées pas mal occupées par-ci par-là, si bien que j'avais complètement oublié cette note.

J'ai d'abord hésité, puis j'ai quand même tiré à moi le téléphone fixe sur ma table pour composer le numéro figurant sur le papier. La sonnerie a retenti un moment avant de basculer sur la messagerie. J'allais dire quelque chose, mais j'ai renoncé et reposé le combiné. J'ai préféré envoyer un texto de mon portable.

Bonjour, je suis Park Minwoo. Appelez-moi quand vous avez un moment, s'il vous plaît.

Je suis passé au bureau. Là, Song m'a demandé :
— Vous y allez aussi, à cette sortie avec Kim Ki-yeong ?
— De quoi s'agit-il ?
— Son médecin lui aurait dit qu'il ne lui restait plus beaucoup de temps. Quelques amis ont décidé de le sortir un peu, histoire de lui faire prendre l'air.
— Ah bon, et où allez-vous ?

— A l'île de Ganghwa.

J'ai décidé de monter avec Song, dans sa voiture, au lieu de prendre celle de l'agence et de mobiliser le chauffeur. Alors que nous franchissions le pont Olympique, Song m'a dit :

— Vous savez, on dit que Im, le président de la Daedong, est dans le collimateur.

J'avais bien deviné à quoi faisait allusion cette rumeur, mais, feignant l'ignorance, j'ai demandé :

— Qu'est-ce que ça veut dire, dans le collimateur ?

— Que ses rapports avec le gouvernement ne sont pas au mieux.

C'est à notre agence que l'entreprise de construction Daedong avait demandé de dessiner les plans du Hangang Digital Center. La tour était déjà à moitié montée. J'ai rétorqué, faisant exprès de ne rien savoir :

— Nous on a fait ce qu'on nous a demandé de faire, point.

— Oui mais, il vaut mieux que ce soit fait dans les règles.

Mon collègue semblait avoir lu des articles dans les journaux. Les autorités enquêtaient sur les activités de la Daedong. Son nouveau projet de construction d'Asia World à la périphérie de Séoul risquait fort de tomber à l'eau.

— On sort pour s'aérer, tu ne vas pas nous parler de ces emmerdes tout le long de la balade, c'est pas bon pour le moral…

Song a changé de sujet :

— Monsieur Kim, lui, même si physiquement il n'est pas bien, moralement il doit se sentir tranquille.

— En plus, c'est quelqu'un de très optimiste.

On était en semaine, la route n'était pas trop encombrée. Après le pont Olympique, on est passé à Kimpo, puis nous avons franchi le Chojidaekyo, ce grand pont construit récemment pour faciliter l'accès à l'île de Ganghwa. Song a garé la voiture sur un parking non loin d'un carrefour et nous sommes entrés dans le café convenu. Arrivé avant nous, le professeur Yi Yeong-bin nous a fait signe en levant la main. Lui et moi, nous avons le même âge, et, bien que nous ne soyons pas sortis de la même fac, nous nous sommes rencontrés en répondant à des appels d'offres. Nous avons commencé à travailler à peu près à la même époque. Parfois nous étions en compétition sur un projet, parfois nous concourions ensemble. Lui, il a fait ses études en Europe comme Kim Ki-yeong. Né dans une bonne famille de Séoul, il n'a jamais réussi à se prévaloir de la même expérience que nous, il a très vite opté pour l'enseignement. Aujourd'hui, il rédige de médiocres papiers pour les revues d'architecture. Il portait des vêtements décontractés et une casquette de baseball. Il a semblé étonné de me voir arriver.

— Toi qui es si occupé d'habitude, quel vent t'amène ?

— Il y a longtemps que je ne l'ai pas vu.

D'un van qui venait de se garer sur le parking est sorti un jeune homme qui a couru à notre rencontre. Sa tête m'était familière. C'était le rédacteur en chef d'un magazine d'architecture. En jetant un regard circulaire, il a proposé :

— Par là, s'il vous plaît. On a réservé un restaurant sur la plage de Dongmak.

Kim Ki-yeong nous a fait un signe de la main depuis le siège passager de sa voiture. Trois autres voitures arrivaient à la queue leu leu. Nous étions encore loin de la haute saison, la plage était presque déserte, juste deux ou trois familles et quelques jeunes. Nous sommes entrés dans le restaurant d'où l'on avait vue sur la mer. Kim, que je n'avais pas vu depuis plusieurs mois, m'avait semblé avoir encore beaucoup maigri. Il gardait son vieux feutre sur la tête pour dissimuler les effets de la chimiothérapie. Il y avait aussi son épouse, deux journalistes de son magazine, un galeriste, et ses élèves qui travaillaient pour son agence, soit une dizaine de personnes. Kim et son épouse, Yi Yeong-bin et moi, nous avons pris place à une table à part. On a commandé du poisson cru, dont de grandes castagnoles, des sardines, etc., et des crustacés grillés.

Nous avons évoqué les randonnées que nous faisions souvent au mont Mani du temps où nous travaillions pour l'agence Hyunsan tout juste créée. Nous étions jeunes, nous revenions d'étudier à l'étranger, nous n'avions peur de rien. Pour chacun d'entre nous, la réussite avait pris des voies différentes. Pour Kim Ki-yeong, il s'était agi de conserver la petite agence qu'il avait fondée à ses débuts ; Yi Yeong-bin, qui n'avait jamais rien construit de mémorable, vivait de son baratin de professeur à l'université ; pour ma part, j'avais été à la tête d'une agence comptant plus de cent collaborateurs à un moment donné. Mais ne dit-on pas qu'en devenant raisonnable, on perd de son énergie ? Les ravages de la crise financière m'avaient ramené à plus de raison : je n'avais plus qu'une vingtaine d'associés aujourd'hui.

Kim Ki-yeong semblait de bonne humeur. Aller prendre l'air hors de Séoul ne devait plus lui arriver souvent. Son sourire creusait de profonds sillons dans son visage émacié. Tout en disant que son médecin lui conseillait des aliments à haute teneur en protéines pour résister à son traitement, il se contentait des quelques morceaux d'abalones et de crustacés que son épouse lui tendait.

— Inutile de le cacher, mes jours sont comptés, je le sais fort bien. Est-ce que quelqu'un parmi vous est monté dans le London Eye en Grande-Bretagne ?

Yi a répondu que oui.

— Il faut une heure à cette grande roue pour faire un tour complet, a précisé Kim Ki-yeong en balançant la tête. Selon Bouddha, le cycle de la vie humaine équivaut à un tour de roue, ce tour étant égal à cent ans… Mais nous tous, nous nous faisons débarquer de la roue avant qu'elle ait fait un tour complet…

Dans cent ans, en effet, quasiment tous ceux qui cohabitent aujourd'hui sur cette terre auront disparu. Le monde sera peuplé de têtes nouvelles. Les architectes, eux, ont une consolation : ils laissent des constructions derrière eux. Mais ce qu'ils laissent, ce peut n'être rien d'autre qu'une figure hideuse de la cupidité.

Après le déjeuner, les jeunes sont allés se promener à la plage, déambulant, lançant aux mouettes des amuse-gueules aux crevettes. En fin d'après-midi, nous avons repris les voitures pour nous rendre sur les pentes du mont Mani, du côté de Hwado. Embrasant le ciel, le soleil descendait doucement sur l'horizon.

Yi Yeong-bin a fait allusion à l'histoire de Yun Byeonggu, le président de l'entreprise de construction Yeongnam.

— Vous n'étiez pas des amis d'enfance ? Je me souviens de l'avoir rencontré quelquefois par ton intermédiaire du temps de l'agence Hyunsan.

Se souvenant lui aussi de Byeonggu, Kim a repris :

— A l'époque, tout le monde était plein aux as. Est-ce qu'il n'a pas été député une ou deux fois ? Qu'il s'agisse du président Yun Byeonggu en personne ou de la société Daedong, le problème vient toujours en fin de compte des embrouilles comptables.

28

Le professeur Yi me regardait droit dans les yeux :

— Tu devrais laisser un peu ces choses-là maintenant.

— Nous, on a fait les plans, rien d'autre. A propos, Yun, il a eu une attaque, il est dans le coma.

Je leur ai fait part de ma récente visite à Yeongsan. Les maisons, les murettes de pierre, les sentiers, ai-je expliqué, tout avait disparu, et là où j'étais né, seul un bout de tronc d'arbre marquait encore le lieu. Mon village natal tout entier avait disparu.

Le vieux Kim fixait la mer au loin. Il s'est tourné vers nous :

— Mais c'est votre bande, c'est vous qui avez détruit tout ça... Ah, que c'est beau, un coucher de soleil !

Revenus à Séoul, nous nous sommes quittés les uns après les autres. Seul le professeur Yi nous a accompagnés jusqu'à mon agence. Nous nous sommes rendus, non loin de là, dans un bar à vin. Yi m'a suggéré de participer à l'organisation d'un ultime événement en l'honneur de Kim Ki-yeong. Une rétrospective où seraient exposés ses dessins, ses croquis, des maquettes, des photographies, la liste de ses réalisations, etc. Une collecte de fonds était en cours, a-t-il ajouté, ce serait bien que je cotise moi aussi.

— Bien volontiers, lui ai-je répondu.

L'alcool commençait à faire effet. Au retour des toilettes, le professeur a lancé de but en blanc :

— Bizarre, avoir vu quelqu'un de malade aujourd'hui… ça me fait penser soudain à ce bois d'acacia.

— Ce bois d'acacia ? l'ai-je interrogé sans comprendre où il voulait en venir.

— Tu ne te souviens pas, quand on a développé le quartier nord de Séoul ?

C'est alors que je me suis rappelé ce coin misérable sur la pente d'une colline.

— Et alors ? ai-je murmuré.

— Rien, ça m'est revenu à l'esprit, brusquement. On a tout rasé.

Je suis resté un moment sans rien dire, le regard dans le vague, puis :

— Tu ne le sais sans doute pas, je suis de ce quartier-là.

— Tu me l'as déjà dit, a répondu Yi Yeong-bin, impassible. En tout cas, je te le redis encore et encore, c'est toi le gagnant.

Je suis rentré à la maison vers minuit. En me déshabillant, j'ai jeté un coup d'œil à mon portable. Parmi les textos, il y en avait un de Cha Soona.

Bonjour, c'est Cha Soona. Je vois que vous m'avez appelée. Merci de ne pas m'avoir oubliée. Je ne suis pas joignable dans la journée, mais le soir, même tard, ça ne pose pas de problème.

J'ai hésité, puis commencé à appuyer sur les touches de mon téléphone. Il était tard, mais ce message était arrivé il y avait juste une heure. Si elle dormait elle ne répondrait pas, ou bien elle aurait éteint son téléphone. C'est en faisant ce calcul que je l'ai appelée. La sonnerie a retenti.

— Allô ?

Une voix s'est fait entendre.

— Hem… je suis Park Minwoo.

— Ah, Minwoo ? Vous vous souvenez de moi ? Le quartier… le magasin de nouilles…

Malgré tout ce temps, sa voix n'avait pas changé. J'ai, sans m'en rendre compte, haussé le ton pour lui poser une cascade de questions : où vivait-elle, qu'était-elle devenue, ses parents allaient-ils bien… ? Elle vivait à Bucheon, m'a-t-elle répondu, elle tenait un commerce, tout allait bien pour elle. Elle avait eu de mes nouvelles tout à fait par hasard. Pourquoi n'était-elle pas venue à ma conférence, lui ai-je demandé, j'aurais été content de la revoir ? Elle avait vieilli et grossi, a-t-elle répondu sans ambages, elle aurait eu honte de se montrer devant moi. Puisque le contact est rétabli, pourquoi ne pas nous appeler de temps en temps, ou mieux, nous revoir une fois ? lui ai-je proposé avant de couper.

Le lendemain, harcelé par la soif, je me suis réveillé avec un bon mal de tête. Impression de n'avoir plus rien sous le crâne. La plage, le coucher de soleil admiré du haut de la montagne, le rire optimiste d'un patient atteint d'un cancer au dernier stade, puis la voix de cette femme à l'autre bout du fil… tout cela s'épanchait dans ma tête comme des taches sur une feuille vierge. Comme des queues de rêves confus. Je me suis secoué énergiquement, il me fallait retrouver mes esprits. J'ai bu deux verres d'eau fraîche coup sur coup. La sonnerie a retenti à la porte alors que j'étais encore assis à ma table, la tête vide. C'était le jour de la femme de ménage. Agaçant, mais il fallait que je sorte.

2

A l'image d'une vieille locomotive immobilisée au milieu des herbes folles et des fleurs sauvages, son deuil ne prit jamais fin.

La répétition s'est achevée sur cette envolée. Demain, nous en aurons une autre, la dernière avant la représentation de la pièce, après-demain. Les acteurs se dispersent. Je remonte dans le bureau jouxtant l'entrée de notre petit théâtre. Le manageur de notre troupe est au téléphone, il me fait signe d'attendre une seconde. Sa conversation terminée, il vérifie ses SMS, puis me dit :

— Demain, on a deux interviews. Je me demande si ce n'est pas plutôt toi, confrère Jeong, qui devrais y aller. Après tout, le metteur en scène, c'est toi...

Il croit me faire plaisir avec sa proposition, mais je suis exténuée, je n'ai même pas envie de lui répondre. Et puis, je n'aime pas qu'il m'appelle « confrère Jeong », comme si j'étais un homme, plutôt que par mon nom, Jeong Uhee. Il le fait pour donner l'impression que nous sommes des associés, alors qu'en réalité il m'exploite.

Je n'ai pas mangé depuis midi. Il est déjà plus de neuf heures, j'en ai même oublié ma faim. La pièce que nous montons est adaptée d'un roman dont l'auteur nous a accordé gracieusement les droits. J'ai passé plusieurs mois à écrire l'adaptation. Pour ce travail, je n'ai pas touché un sou. Pas plus que pour la mise en scène. Les acteurs n'ont rien touché, eux non plus. Mais ça, on l'a accepté dès le début.

Le manageur, lui-même metteur en scène, a fait la même université que moi : nous avons fondé la troupe ensemble et ouvert ce petit théâtre grâce à une aide arrachée à ses parents, lesquels lui avaient pourtant retiré leur confiance. Dans ce quartier où plusieurs petits théâtres rivalisent, le nombre de spectateurs est assez limité, tandis que le loyer de la salle augmente tous les jours. Quand nous montons une pièce, nous avons du public les deux premiers jours. Puis le nombre diminue de manière spectaculaire et, dès le cinquième jour, on compte rarement plus de cinq personnes dans la salle. Maintenir la pièce à l'affiche au-delà relève du tour de force. Nous bénéficions d'un modeste soutien des institutions culturelles publiques, mais ces montants servent surtout à payer le loyer et ne font qu'enrichir le propriétaire de l'immeuble. Nous avons dressé une liste de personnalités que, chaque semaine, nous invitons, par e-mail, à prendre un abonnement.

— J'aimerais avoir une avance, ai-je riposté d'un ton cassant.

— Quoi, une avance ? rigole-t-il en prenant des airs faussement ahuris. Tout d'un coup, tu me donnes l'impression qu'on bosse dans une société commerciale… Pour avoir une idée de ce que sera la recette, il faut d'abord commencer à jouer. De combien t'as besoin ?

— Cinq cent mille wons ?

Il va bien falloir que je paie au moins une partie de mon loyer si je veux éviter de me faire mettre à la rue avant la fin du mois. Il ouvre son portefeuille.

— J'ai gardé un peu d'argent pour la programmation… tu sais on n'en a vraiment pas de trop. Tiens, j'ai trois cent mille.

Je lui arrache les six billets de cinquante mille wons qu'il me tend avant de lui laisser le temps de changer d'avis. Une fois que j'ai tourné les talons, il me jette :

— Tu reviens demain pas plus tard qu'à une heure, n'oublie pas les interviews.

La répétition générale est fixée à dix-neuf heures. A partir de demain, les repas seront enfin pris en charge par le théâtre.

— Dis aux journalistes de rester pour la répétition.

C'est la troisième mise en scène que je réalise. Je m'étais pourtant promis, après la seconde, de ne plus m'y laisser prendre.

Je m'appelle Jeong Uhee, j'ai déjà vingt-neuf ans. J'ai fait mes études à la fac des Arts, je suis dramaturge et metteur en scène débutante. A un moment donné, j'ai arrêté le théâtre afin de… survivre. J'ai envoyé mon CV à plusieurs dizaines de sociétés. Je me suis présentée à autant d'entretiens d'embauche. Je me suis dégoté une place dans une petite maison d'édition où j'ai passé deux ans. Les grands éditeurs réalisent de jolis coups, leur business progresse, ils paient de généreuses primes à leurs collaborateurs, mais dans ma boîte, le patron n'est jamais parvenu à décrocher la moindre traduction un tant soit peu intéressante, sans doute parce qu'il n'avait pas de capital. Il se farcissait rien que des bouquins libres de droits, genre classiques poussiéreux, ou des essais douteux qu'on rafistolait pour les sortir sous des titres vaguement racoleurs.

J'étais chargée de la révision des manuscrits et de la lecture des épreuves. En plus, je devais m'occuper de la promotion des titres nouveaux et des relations avec les auteurs. On était quatre en tout : le patron, un ami à lui sorti de la même université que lui mais d'une promotion inférieure, une toute jeune diplômée d'une école technique, et moi. On manquait toujours de main-d'œuvre, on faisait de notre mieux pour ne pas dépasser les délais, ce qui nous contraignait sans cesse à faire des heures supplémentaires. Il n'y avait pas de prime pour les heures sup et, pour rester dans l'ambiance familiale, on se contentait de très modestes casse-croûte le soir. Si j'ai tenu deux ans à ce train-là, c'est parce que je n'avais pas d'autre solution. Ce que je gagnais me permettait tout juste de joindre les deux bouts une fois payés mon loyer et les charges. De toute façon, comme je faisais la navette entre chez moi et le bureau comme un pendule, je n'aurais pas eu le temps de dépenser. Relire inlassablement les écrits des autres sur un écran d'ordinateur me donnait l'impression de vraiment gaspiller mon temps. Alors, découragée, je sortais sur le minuscule balcon au bout du couloir où, assise sur mes talons, je tentais vaguement de me consoler en fumant une ou deux cigarettes.

Un jour que j'étais allée rencontrer un auteur dans un café de Daehakno, je suis tombée par hasard sur le directeur d'une troupe – nous étions sortis de la même université, lui un ou deux ans avant moi. Il cherchait justement à me joindre pour me demander d'écrire une pièce. Moi, je cherchais un prétexte pour quitter ma maison d'édition. C'est ainsi que j'ai été de nouveau entraînée dans ce marécage qu'est le monde du théâtre. Mes études universitaires terminées, j'avais déjà tâté de ce milieu comme actrice débutante ; j'en avais tellement bavé que j'avais fini par tout plaquer avec la ferme résolution de ne plus jamais y remettre les pieds ! Mais j'y suis quand même revenue, j'ai retravaillé une pièce que j'avais abandonnée en cours de route, on l'a montée in extremis et présentée au festival de cet automne-là – et on a décroché le prix des jeunes talents ! Je m'étais déjà trop impliquée dans l'art dramatique pour lui tourner définitivement le dos. Cela dit, j'étais bien décidée à me servir de ce théâtre grand comme la paume de la main comme d'un tremplin.

Mon père, professeur, est décédé quand j'étais étudiante. J'ai encore ma mère et ma sœur. Ma sœur a déjà terminé ses études ; moi, c'est mon oncle qui m'a aidée à financer ma dernière année d'université. Je m'étais inscrite, contre l'avis de mon père, à la fac d'art dramatique. Lui, il aurait voulu que je choisisse une autre spécialité, ou même que je me contente d'une université de province non loin de là où nous habitions. Il a refusé de payer mes études. Sans la protection de ma mère, je n'aurais pas pu aller jusqu'au bout. Mon oncle m'a donc aidée en finançant les deux derniers semestres non sans m'avoir arraché la promesse de renoncer au théâtre et de chercher un boulot ailleurs. Je suis donc pleinement consciente de la nécessité d'assurer mon indépendance, quelle que soit la voie suivie. Ma sœur, après plusieurs années de préparation, a passé avec succès le concours de recrutement des professeurs de collège. Bien qu'obligée de faire quelques ménages et divers petits jobs mal rémunérés, ma mère passe des jours à peu près tranquilles auprès de ma sœur dans leur petite ville de province. Ne pas les déranger, c'est le moins que je puisse faire pour elles.

Je peux, dès les beaux jours du printemps et jusqu'à l'automne, vivre avec deux tee-shirts à cinq mille wons et un jean à dix mille. Je n'ai guère l'occasion de dépenser en dehors de mes repas et des transports. Le plus gros tracas dans une grande ville, c'est le logement. Au début, j'ai expérimenté les minuscules *goshiwon*[1], avant de me dégoter, grâce à l'argent économisé en travaillant pour la maison d'édition, une pièce indépendante avec toilettes au rez-de-chaussée d'un immeuble, en fait en demi-sous-sol. Dans cette banlieue de Séoul, je constate que de nombreux jeunes de mon âge vivent dans les mêmes conditions que moi. Ils se terrent comme de petits mammifères apeurés, encerclés par les fauves de la jungle, constamment maintenus en alerte par un flair développé.

Quittant le théâtre, j'arpente le quartier des cafés, bars et restaurants sans leur prêter attention. L'heure de sortie des bureaux étant passée depuis longtemps, il y a beaucoup de places libres dans le bus. Une fois assise, je me mets à somnoler, le front contre la vitre. Des remontées acides me réveillent de temps en temps, mais je me rendors vite. Pour atteindre mon quartier à la lisière de la mégapole où de nouveaux appartements sont en

---

1. Minuscules chambres occupées à l'origine par les candidats aux concours de la fonction publique [*goshi*], devenues ensuite des logements bon marché pour les étudiants, les employés, etc.

construction, il ne faut pas moins d'une heure aux heures de pointe, et autrement une bonne quarantaine de minutes. Mais ce n'est pas chez moi que, pour l'heure, je me rends.

Je me réveille, comme alertée par une horloge intérieure, à la station qui précède celle où je dois descendre. A peine débarquée, je tiens dans ma ligne de mire l'endroit où j'ai un petit job. Arrêtée au feu du carrefour, je vise les lumières de la supérette de l'autre côté de la rue. Le feu passe au vert, je fonce, je pousse la porte vitrée en haletant – non sans forcer un peu la note. Le patron me toise sans rien dire. J'enfile mon tablier :

— Je suis vraiment désolée. Demain matin, je resterai une heure de plus.

— L'heure de la relève, il faut la respecter. Tu es encore allée au théâtre ?

— Oui, demain, c'est la répétition générale. La première, c'est pour après-demain.

— Tu dis que ça ne rapporte rien, alors pourquoi tu continues ?

Tout en se préparant à partir, il ajoute :

— La livraison, j'ai tout laissé en plan, tu t'en occuperas, Uhee. Demain, je prends le relais à neuf heures.

Il part. Il reviendra me relayer demain matin. Sa femme le remplacera une ou deux heures dans la journée pour lui laisser le temps de manger et se reposer un peu. Je suis là en tant que vendeuse de nuit pendant qu'eux, ils dormiront. Je travaille de dix heures du soir à huit heures du matin, soit dix heures d'affilée. Il y a aussi un garçon qui vient travailler la nuit, mais seulement le week-end. Moi, finalement, je travaille cinq jours dans la semaine. Pour quelqu'un qui veut gagner de l'argent, le boulot dans une supérette ouverte vingt-quatre heures sur vingt-quatre, c'est pas génial. Des petits jobs, j'en ai fait pas mal, mais celui-là, c'est celui qui paie le moins. Et puis, pour quelqu'un qui ne sait pas s'occuper seul, les heures sont désespérément longues. En revanche, pour ceux qui ont besoin de temps pour étudier, pour lire, c'est idéal.

Passé minuit, les clients se font rares, même en plein centre-ville. Cet emploi me permet de stabiliser un peu le rythme de ma vie. Avant, j'ai vraiment tout fait, j'ai travaillé dans des cafés, dans des restaurants de toutes sortes, pizzérias, hamburger, *gimbap*[1], dans les parkings des grands magasins en tant qu'hôtesse chargée de guider les voitures. J'ai fini par comprendre que le travail de nuit dans une supérette permet de consacrer ses journées à autre chose à condition de réussir à limiter son temps de sommeil. Le temps que j'investis dans le théâtre ne me rapporte pas grand-chose, mais il m'accorde une part de rêve, tout autre chose que mon job dans la supérette.

---

1. Portion de riz garnie et entourée d'une feuille d'algue séchée.

A neuf heures du soir arrivent les produits laitiers, les boissons et les snacks. Je range tout cela sans attendre. C'est aussi l'heure de mon dîner. Auparavant, avant huit heures, il faut jeter tous les *gimbap* triangulaires et les sandwichs qui n'ont pas été vendus. Et pousser de côté tous les *bentô*[1] restants pour faire de la place à ceux qui seront livrés le matin. Je sors des rayons les *gimbap* et les sandwichs que le patron n'a pas rangés pour les placer sous la table de la caisse et disposer à leur place les produits nouvellement livrés. Pour le lait, les boissons, les biscuits, il faut mettre ce qui vient d'arriver tout en bas ou tout derrière, laisser les plus anciens devant. Les denrées alimentaires, il faut respecter strictement la date de péremption. Les denrées périmées, je dois les jeter dans un sac prévu à cet effet après les avoir scannées, et placer dans la réserve les produits laitiers, les boissons et les biscuits afin de les retourner aux fournisseurs.

Qu'est-ce que je vais manger aujourd'hui ? Je choisis d'abord une boisson parmi celles qui sont vendues par pack de deux. Certains clients n'en prennent qu'une et laissent l'autre au comptoir. Il y a du lait à la banane, à la fraise, au chocolat, ou du thé d'orge ou de barbe de maïs. C'est ce dernier que je retiens. Ce soir, comme j'ai une faim de loup, je vais prendre un *bentô* copieux à sept petits

---

1. Boîte-repas.

plats, avec riz, saucisse, *donkatsu*[1] et pâte de poisson. Je le réchauffe au micro-ondes. Ce dîner est, à plus de dix heures du soir, mon premier repas de la journée. Du lot des *gimbap* à jeter, j'en mets quatre (au thon à la sauce piment et au *gimchi*) dans un sac de plastique que je range dans le réfrigérateur. Ce sera pour demain matin, je les mangerai à la maison. Je sais que ce n'est pas sain de manger constamment ces choses-là, mais je ne peux faire autrement si je ne veux pas trop dépenser. Se nourrir à peu de frais, c'est justement l'avantage du travail dans une supérette, même si le salaire horaire est modique.

Mon repas avalé en toute hâte, voilà que le sommeil m'assaille. Il paraît que des jeunes, écrasés de fatigue – des jeunes qui se trouvent à peu près dans la même situation que moi –, se muent en cambrioleurs armés au cœur de la nuit. Dans ce magasin de taille moyenne, il n'y a pas de distributeur de billets, et donc pas de caméra de surveillance. En revanche, le patron a installé, au-dessus du comptoir, une alarme sonore qui jette en plus des flashs de lumière : on l'a testée plusieurs fois. Quelque chose qui ressemble aux alarmes antivol des voitures. Mes rares clients viennent chercher un paquet de cigarettes, quelques bouteilles d'alcool, des boissons fraîches, ou des en-cas, des snacks ou encore des

_____

1. Porc pané sur du riz blanc.

nouilles instantanées, jusqu'à environ deux heures du matin. Après, il ne vient presque plus personne. Les camions de livraison passent entre deux et trois heures. C'est toujours au même moment, vers trois heures, que se pointe mon livreur.

Avant son passage, je vérifie sur l'ordinateur la liste des articles commandés par le patron. Ensuite, je peux somnoler un petit peu derrière le comptoir, non sans me réveiller de temps à autre. Et dès que le camion arrive, il me faut ranger les marchandises, boissons, bouteilles, biscuits et *bentô*. Après vient le moment du ménage. Je balaie, passe la serpillière sur le sol, donne un coup de chiffon humide aux chaises et aux tables métalliques de part et d'autre de l'entrée. Il faut encore trier les ordures et sortir les sacs sur le trottoir. Le camion des éboueurs passe vers quatre heures. Après, je peux à nouveau somnoler une heure et demie. Il est agréable de pouvoir piquer un somme, même en points de suspension, encore qu'il m'arrive d'avoir très envie de m'étendre pour dormir vraiment, les reins dépliés. C'est justement ce dont je rêve cette nuit. Encore un jour qui passe de la sorte.

Quand je repense au passé, je ne me souviens de rien en particulier, tout est un peu flou. Merde, et pendant ce temps, je prends de l'âge ! Si un jour je réussis en tant que dramaturge ou metteur en scène, est-ce que ça changera quelque chose à ma situation ? Quand je vois mes aînés, j'ai pas l'impression que les choses vont vraiment mieux pour eux, ils pataugent eux aussi. Le mariage... j'y ai bien pensé quelquefois, mais je ne me vois pas dans un rôle d'épouse, pas plus que je ne me vois réaliser ce rêve, pourtant modeste, d'avoir un animal de compagnie. Un animal de compagnie, il faut lui témoigner sans cesse de l'affection, s'occuper de lui, se faire du souci pour lui, l'encourager, rester près de lui et parfois le haïr, se sentir encombrée, puis l'aimer à nouveau, le caresser et puis s'attacher à lui au point de ne plus pouvoir le mettre à la rue. C'est ce que des amies de mon âge ont vécu avec leur animal de compagnie. Je trouve ça étouffant. Une fois, je me suis occupée d'un petit maltais qu'une amie partie en voyage m'avait confié. Il était très joli, il s'est attaché à moi, il était toujours très sensible à mon humeur. Oh! non, plus jamais ça. Au chapitre des hommes, c'est pareil : trop lourd à gérer.

Est-ce que, en matière d'amour, j'ai des choses à raconter? Je ne sais pas si elles méritent d'être appelées histoires d'amour, mais j'en ai bien une ou deux. La première, c'était avec un garçon de la même promotion que moi à l'université. Il étudiait les beaux-arts. En ce temps-là, nous n'étions pas matures, ni lui ni moi, lui encore moins que moi. Il louait un petit studio devant l'université. Ma dernière année, je ne savais où me loger, alors je suis allée vivre chez lui. C'est l'époque où, après le décès de mon père, mon oncle m'envoyait juste de quoi payer les frais d'inscription. Au bout de quelque temps, cet ami m'a demandée en mariage. A plusieurs reprises. Sa famille appartenait aux classes moyennes de province, pas très riche. Il voulait à tout prix me présenter à ses parents. Je lui ai posé des questions en me mettant à la place du père de sa promise :

— De quoi vivrez-vous une fois mariés ?

— Eh ben, monsieur, je vivrai en regardant de belles peintures.

J'ai ri tout haut, les yeux au ciel.

— Quel travail feras-tu alors ?

— Ben, monsieur, je suis artiste, c'est une profession libérale.

— Quoi, être artiste, c'est un métier ? Idiot ! Et où vivras-tu avec ma fille ?

— J'ai déjà un studio. Si on n'a pas assez de place, on déménagera. J'aime bien les petits logements sur les terrasses.

— Quoi ? tu prétends vivre avec ma fille et mes petits-enfants dans un taudis ? Ça suffit ! Ma fille, je t'interdis de la revoir.

Je l'ai persuadé que la main de ma fille ne lui serait pas accordée. Une fois mes études terminées, j'ai rejoint une troupe de théâtre. Lui, qui jouissait d'une situation meilleure que moi, a continué ses études en maîtrise. Je l'ai croisé par hasard il y a quelque temps, il m'a dit qu'il était devenu gestionnaire d'une petite galerie d'art. Qu'il soit difficile de faire son trou, même un tout petit trou, c'était vrai pour lui comme pour moi, aussi bien dans le domaine des arts plastiques que dans celui du théâtre. Ce qui nous unissait, lui et moi, ce n'était pas vraiment une relation amoureuse, plutôt un jeu amical.

Mon deuxième homme, je l'ai rencontré quand je travaillais pour la maison d'édition. Il était journaliste, mon aîné de quatre ans. Je ne sais s'il le devait à son travail ou à ses parents, mais il avait déjà un appartement de soixante mètres carrés. Je n'attendais nullement de lui qu'il se comporte en défenseur des grandes causes, en pourfendeur de la corruption omniprésente dans les milieux de la politique. Sorti d'une université prestigieuse, c'était un salarié « normal », avec un bureau tout à fait présentable où il se rendait cravaté tous les matins. Une fois, il s'était pointé à notre rendez-vous avec une heure et demie de retard. Bien sûr, entre-temps, il m'avait envoyé des SMS toutes les dix minutes. Quand je lui ai demandé d'où il venait, il m'a dit qu'il était resté en embuscade devant la maison d'une actrice qui s'apprêtait à divorcer. Il m'a parlé du mari de cette femme puis de son nouvel amant. C'était ça, son boulot. De temps à autre, il exhibait ses connaissances en matière de théâtre en citant Samuel Beckett et Bertolt Brecht. Puis il repartait à la recherche d'un chanteur accusé de s'adonner au jeu, fouillant tous les bars où ce dernier était susceptible de se trouver. Aussi avait-il réussi quelques scoops. Mais je n'en pouvais plus. Deux ou trois fois, j'ai fait exprès de ne pas aller à nos rendez-vous, et chaque fois il m'a déversé des flots d'injures au téléphone. Nous avons cessé de nous donner signe de vie. J'ai effacé son numéro de mon portable.

Plus tard, je suis tombée sur cet homme aux tee-shirts noirs. Kim Minwoo. Il avait trois ans de plus que moi, il se trouvait à peu près dans la même situation que moi, mais pour d'autres raisons. Plus ses conditions matérielles devenaient difficiles, plus il semblait s'acharner. Il me donnait l'impression d'un soldat qui aurait briqué son fusil, l'aurait chargé et se tiendrait prêt à monter au front, les yeux fixés sur l'horizon, droit devant lui.

3

Mon père a perdu son emploi de petit fonctionnaire à la mairie de Yeongsan dans les années 1960, période particulièrement mouvementée en Corée. Il aurait reçu un pot-de-vin d'un type qui avait construit un immeuble sans autorisation. De quel cadeau notre famille a-t-elle profité ? Nul ne le sait. Vu l'époque, il a dû toucher, tout au plus, une cartouche de cigarettes. Quand on n'a pas bénéficié d'une éducation normale, qu'on est autodidacte, il ne faut pas s'attendre à un avenir très reluisant. Il a vendu notre petite maison qui ne payait pas de mine, ainsi que les trois mille mètres carrés de rizière que ma mère lui avait apportés en dot. Il a fait deux ou trois navettes entre Daegu et Séoul, et nous avons déménagé.

Nous nous sommes installés sur le versant d'une petite colline de Séoul, un peu au-delà de Dongdaemun, la porte de l'Est. Mon père avait jeté son dévolu sur une baraque de deux pièces aux murs en parpaings, louée avec un loyer mensuel. Il n'y avait pas de cour, la porte de la cuisine donnait directement sur la ruelle, les fenêtres de chacune des deux pièces, sur une venelle. Une maison mitoyenne avait en partage le mur arrière de la nôtre. A la porte de la cuisine étaient accrochés deux jeux de deux clés, l'un pour mes parents, l'autre pour mon frère et moi. L'une des clés ouvrait la porte d'entrée, l'autre les toilettes aménagées à l'extérieur, dans la rue, communes à nous et aux habitants de la maison voisine. Pour y aller, il fallait donc se munir des clés et sortir dans la rue. De l'intérieur des lieux d'aisance, on entendait la respiration des passants à travers la porte de planches. Au moment d'entrer dans le réduit, j'appréhendais toujours de croiser le regard des gens. Je pense que, pour mes parents, surtout ma mère, ce devait être un vrai supplice.

Mon père avait un ami plus âgé que lui, originaire du même coin que lui, sur qui il avait dû compter – bien qu'avec l'impression de s'appuyer sur un fétu de paille – pour faire son trou à Séoul. Cet homme, qui lui aussi avait occupé un emploi de clerc en province, travaillait comme écrivain public devant la mairie du quartier. Il avait pris mon père comme assistant. Avec l'argent qu'il gagnait, une fois réglé le coût des bouteilles de *soju,* mon père pouvait tout juste acheter de quoi manger.

A Séoul, ma mère a déployé des talents que nous ne lui soupçonnions pas. Au grand marché de Dongdaemun, elle s'est dégoté une place de marchande ambulante dans l'allée centrale.

Comment avait-elle réussi à convaincre les contrôleurs de lui octroyer un emplacement aussi envié, on se l'est longtemps demandé. Là, elle vendait des sous-vêtements en maille et des chaussettes.

Quand j'étais en première année de lycée, le mauvais sort s'est acharné sur ma famille : victime d'une attaque, mon père s'est retrouvé paralysé de la jambe gauche, handicap qu'il a gardé jusqu'à la fin de sa vie. Mais nous parvenions, malgré tout, à vivre tant bien que mal.

Assez vite, nous avons quitté ce quartier non loin de la porte de l'Est pour nous installer à Dalgol, où nous n'étions guère mieux lotis. Dalgol, c'était ce qu'on appelait un « village de la Lune », sur une hauteur où s'étaient réfugiés les gens chassés par les travaux de rénovation des environs des rivières Jungnang et Chonggye. Ces pauvres gens avaient d'abord investi le quartier un peu en dessous du nôtre avant de venir s'échouer ici, plus haut. Ce nouveau faubourg aux allures de village, à la population encore très mouvante, manquait des commodités les plus élémentaires. L'eau, il fallait aller la chercher à un robinet à un carrefour. La plupart des maisons ne disposant pas de toilettes, les gens devaient utiliser les lieux d'aisance publics dans la rue. Nous disposions d'un petit deux-pièces avec un modeste *maru* donnant, à l'arrière, sur une minuscule cour tout en longueur. Par-dessus la murette, on avait vue sur le toit des voisins et sur ceux des maisons en contrebas et, plus loin, sur un quartier animé. L'emplacement n'était pas si mal. Surtout, nous avions des toilettes à nous. L'eau courante n'est arrivée dans ces parages, assez haut sur la pente, que lorsque j'étais en dernière année de lycée. Pour louer cette masure somme toute assez piteuse, sans fenêtres, mais avec tout de même une porte en planches, ma mère avait dû souscrire à un emprunt : en plus du loyer qu'elle s'était engagée à payer chaque mois, il lui avait fallu laisser un pas-de-porte d'un montant considérable.

Elle avait obtenu, là aussi, le droit de vendre sur le marché au bas du village. Mais elle avait vite compris que, dans un quartier aussi modeste, elle ne se tirerait pas d'affaire en vendant des sous-vêtements. L'alimentation était beaucoup plus lucrative. Elle s'est donc reconvertie dans le commerce du poisson et des fruits de mer. Elle achetait sa marchandise en vrac au marché de gros de Dongdaemun. Au début, elle se contentait de quelques cageots de maquereaux, sardines, poissons-sabres et morues. Elle vidait et déshabillait les poissons pour les clients. Poissonnier, c'est un métier assez dur. Il lui fallait se lever très tôt pour aller s'approvisionner, alors que nous étions encore au lit. Le marché de Dalgol se développant, les commerçants se sont cotisés pour disposer d'une camionnette assurant le transport des cageots depuis le marché de gros. Dès lors, elle a pu vendre davantage dans des conditions moins éprouvantes.

C'est aussi à partir de ce moment que mon père s'est mis à l'aider pour de bon.

Personne n'aurait imaginé que cet homme, qui avait été secrétaire de mairie dans un bourg de province, maintenant handicapé, aurait pu être utile à sa femme. Il prit l'initiative de faire frire les poissons invendus rapportés le soir par ma mère. Au tofu qu'il obtenait en moulinant et faisant bouillir des graines de soja, il ajoutait de la chair de poisson et de l'amidon. La pâte de poisson frite qu'il produisait de la sorte était bien plus croustillante et de meilleure qualité diététique que ce qu'on trouvait habituellement dans le commerce, à base de farine. Parmi les gens du quartier, bien rares sont ceux qui n'en ont pas mangé un jour ou l'autre. Il modifiait sa recette, proposait plusieurs variétés, toutes fort appétissantes. Plus d'une fois, nos ventes furent limitées par manque d'ingrédients. Finie la poissonnerie : la spécialité de la famille était devenue la pâte de poisson. Dix années de ce travail dans ce marché ont permis à mes parents de faire leur pelote. Ils ont acheté la maison que nous louions (il va de soi que le prix payé pour ce toit était loin de ce qu'aurait coûté une vraie maison dans un quartier de classe moyenne) et une petite échoppe. Et, de plus, ils ont eu de quoi assurer notre éducation, à nous les deux enfants.

Je n'ai pas, cependant, été à leur charge jusqu'à la fin de l'université. Depuis notre installation à

Séoul, je n'ai jamais ménagé ma peine pour bien travailler. Certes, je n'avais rien d'autre à faire qu'étudier, mais j'étais déterminé à me hisser au-dessus du milieu où nous vivions. J'ai, par chance, réussi à entrer dans une université presti- gieuse. Ce qui m'a permis, à moi et à quelques camarades de promotion, de donner des cours privés. Puis j'ai fini par me faire embaucher comme précepteur, quittant pour de bon le giron familial. Après mon service militaire, plutôt que de retourner vivre chez les miens, je suis parti poursuivre mes études à l'étranger. Je n'ai donc vécu dans ma famille que jusqu'à la fin du lycée.

Quand ai-je vu Jaemyeong pour la première fois ? Sans doute pendant les vacances d'été qui ont suivi notre emménagement dans le quartier. J'étais en première année de lycée. Du carrefour du marché partait la grand-rue qui menait à notre quartier, innervée de venelles de chaque côté. Plusieurs rues secondaires revêtues de ciment débouchaient sur cette voie centrale ; au carrefour, on trouvait un robinet d'eau courante, des toilettes publiques et des échoppes. Nous habitions dans la rue qui part à droite au troisième croisement en partant du marché. Jaemyeong, mon aîné, demeu- rait tout au bout de l'une des petites ruelles juste avant ce croisement. Cette rue n'était pas un cul-de-sac : venait s'y greffer un petit sentier qui escaladait la pente, prolongé par des escaliers de pierre. Avant de connaître Jaemyeong, je n'avais jamais eu l'occasion de m'aventurer dans ce coin. En général, je montais la grand-rue après m'être arrêté brièvement à la boutique de mes parents au marché, je passais devant le point d'eau et les toilettes publiques, puis je tournais dans notre rue après une échoppe où l'on vendait du tabac, entre autres choses.

Quand, le soir, je descendais au marché, il m'arrivait de croiser une bande de quatre ou cinq jeunes à la tenue négligée. Certains fumaient. En passant à leur hauteur, je me sentais nerveux, il m'arrivait parfois de me retourner. Un jour, l'un d'eux m'a lancé, la cigarette au bec :

— Qu'est-ce qu'y a ?

Une autre fois, un autre m'a piqué ma casquette de lycéen :

— Rends-la-moi !

— T'as du fric ?

— Je te dis de me rendre ma casquette !

— Regardez-moi les yeux qu'il fait, celui-là !

A ce moment-là, une voix aiguë venue du fond de la ruelle a retenti :

— Hé ! rends-lui sa casquette !

L'injonction avait été lancée par un gosse « pas plus grand qu'une bite », pour utiliser leur langage. Il est venu à notre rencontre et, en me rendant ma casquette qu'il avait arrachée aux mains de ses copains, il m'a dit :

— Un de ces jours, toi et moi on se mesurera.

J'ai repris mon bien et suis parti sans un mot.

C'était Jaeggan, le frère de Jaemyeong. Le plus jeune de la bande et le plus petit par la taille, d'où son surnom de Jaeggan, « Petit-Bout », dans le parler de la province du Jeolla. Son vrai nom était Jaeggeun. Dans leur groupe, ils étaient une bonne dizaine, tous cireurs de chaussures travaillant sous les ordres de Jaemyeong.

L'été, les gens de ce « village de la Lune » vivaient dans la rue. Les adultes jouaient aux échecs chinois en gageant un verre, les jeunes femmes, les cuisses découvertes à cause de la chaleur, papotaient et rigolaient, les enfants jouaient en criant au gendarme et au voleur, à « L'hibiscus est fleuri[1] », au chat et à la souris. Les jeunes entre deux âges, comme moi, n'avaient d'autre choix que de descendre au marché, voire d'aller au-delà ou bien de monter tout en haut de la colline pour prendre l'air. Nous n'habitions pas très loin du sommet : il suffisait de prendre une ruelle en cul-de-sac à droite, puis de suivre un sentier qui montait tout en haut. Là, il restait encore quelques arbres épargnés par les hommes dans un espace couvert d'herbes où affleurait un rocher et, un peu en contrebas, un terre-plein dégagé. De cette hauteur, on apercevait un autre quartier, en face, avec des lumières scintillant aux fenêtres des maisons ; et plus loin, le halo de clarté

---

1. Equivalent de « Un, deux, trois, soleil ».

rougeoyante qui auréolait les quartiers riches et s'élevait dans le ciel sur l'arrière-plan du mont Bukhan.

Un soir, sur le terrain dénudé du sommet, je suis tombé sur une petite foule bruyante d'enfants et d'adultes qui lançaient des cris de soutien et d'exhortation. Un combat de coqs ? Curieux de voir ce qui se passait, j'ai pris place sur le rocher. Deux jeunes étaient en train de s'affronter à la boxe avec des gants qu'ils avaient dénichés allez savoir où.

— C'est bien ! Baisse la tête ! Plus près ! Recule ! Hé, allonge le bras ! *Jab ! jab ! Upper-cut !* Oui, c'est ça !

Un coup plus violent a jeté l'un des gamins à terre. Aussitôt, celui qui faisait office d'arbitre a arrêté le jeu.

— Hé toi, amène-toi !

Le vainqueur m'interpellait. C'était celui qui m'avait défié quelques jours plus tôt dans la rue. L'arbitre s'est tourné vers moi :

— Dis, c'est toi qui as emménagé là-bas, dans la rue au-dessus ? Tu veux essayer ?

Je n'avais pas trop envie, mais je ne voulais pas non plus me dérober. Je me suis approché. Que le petit jeune m'ait repéré n'était pas, au fond, pour me déplaire. Certes, je n'étais pas d'un naturel querelleur… mais lorsque, arrivant tout droit de notre province, nous avions emménagé sur la colline à l'est de Dongdaemun, je m'étais fait corriger par des voyous. A l'époque, chaque promotion dans les écoles primaires comptait plus de vingt classes (sans compter les classes de l'après-midi). Au collège, on était un peu moins nombreux, mais il y avait tout de même une dizaine de classes dans chaque promotion et, dans chaque classe, grouillaient plus de soixante-dix gamins. S'il y a une chose que j'ai comprise en m'entendant traiter de campagnard, c'est qu'il ne faut jamais se laisser faire quand quelqu'un t'agresse ou veut t'imposer sa loi. Peu importe que tu ne sois pas de taille, les autres, il faut leur tenir tête, les affronter aussi longtemps que nécessaire, jusqu'à ce qu'ils en aient assez. Celui qui cède, personne ne le prend en pitié. Si tu as perdu aujourd'hui, demain sur le chemin de retour de l'école, après-demain devant chez lui, il faut l'affronter jusqu'à ce qu'il cale, qu'il demande d'arrêter ou qu'il s'écrase platement. Quand je rentrais chez moi, personne, ni mon père ni ma mère, ne prenait soin de moi si j'avais les lèvres en sang et le nez de travers. D'ailleurs, j'avais toujours autre chose à faire, par exemple m'occuper de mon jeune frère, et personne à qui demander de l'aide. C'est pour cela que j'ai accepté le défi de Jaeggeun, alias Petit-Bout. Je savais trop bien que, si je cédais, j'en baverais par la suite.

Tout à la joie de sa victoire, Jaeggeun se mettait déjà en position de combat et faisait claquer ses gants l'un contre l'autre. J'ai très sagement tendu mes mains à l'arbitre. C'était la première fois qu'on habillait mes poings de gants de boxe. L'arbitre m'a tapé dans le dos en me disant :

— Vas-y !

J'ai hésité une seconde. Et, tout à coup, j'ai vu plein d'étoiles. Je venais de me prendre un direct, un joli coup droit, comme je l'ai appris par la suite. Mais je n'étais tout de même pas tombé de la dernière pluie en matière de bagarre : je me suis attaqué à mon adversaire en me baissant, en levant les poings, en m'écartant sur le côté. Il esquivait habilement mes coups tout en m'en logeant de nombreux. J'en ai même reçu toute une série à répétition. Si je me mets en colère, me suis-je dit, je suis fichu. Un nouveau coup m'a fait chanceler. Mon nez saignait. Quand mon adversaire s'est encore une fois jeté sur moi, je me suis baissé pour m'infiltrer dans sa défense et je lui ai logé un solide direct à mon tour. Un droit qui a porté. Le gamin est tombé à la renverse. Il n'a pas tardé à se remettre sur ses pieds, s'approchant en sautillant, prêt à reprendre le combat :

— Hé ! stop, arrêtons là, a dit l'arbitre en nous séparant.

Mon nez continuait d'irriguer le devant de mon tee-shirt.

— Ton nez pisse le sang, a murmuré l'arbitre en m'essuyant le visage avec la serviette qu'il avait autour du cou, un linge qui puait la vieille sueur.

— On a eu juste un round, pourquoi tu nous sépares ? protestait Petit-Bout, indigné.

— Regarde, tu es tombé, il est blessé : match nul.

Mon adversaire n'avait pas complètement perdu la face, pensait-il, puisque je saignais du nez. Il a enlevé ses gants.

— Chez toi, a ajouté l'arbitre, tu diras que tu viens de faire un peu de sport. Mais dis-moi… tu as déjà fait de la boxe ?

J'ai répondu que c'était la première fois.

— Ton uppercut n'est pas ridicule, tu as des talents. Comment tu t'appelles ?

— Park Minwoo.

— Moi, c'est Jaemyeong, appelle-moi grand-frère. Hé ! Jaeggeun, il s'appelle Minwoo, vient lui serrer la main.

Nous nous sommes serré la main, tous deux un peu à contrecœur.

La manière dont Jaemyeong a géré toute l'affaire m'a profondément impressionné. Il avait réussi à me faire accepter naturellement par les gamins du quartier sans blesser l'amour-propre de personne.

Jusqu'en deuxième année de lycée, j'ai vécu en étroite relation avec Jaemyeong et sa famille. A l'époque, il avait vingt ans. Il était, chez lui, le second fils. Jaeseop, de deux ans son aîné, venait de temps en temps passer une dizaine de jours à la maison, un mois tout au plus, avant de disparaître à nouveau pour de longues périodes. Quant à Jaeggeun, qui avait un an de plus que moi, il était le plus jeune des garçons. Il avait une sœur cadette, Myosun, la seule fille de la famille, qui devait avoir deux ou trois ans de moins que moi.

Tout ce petit monde vivait sans père. C'est Jaemyeong qui faisait office de chef de famille. Les tâches domestiques étaient assurées par la mère assistée de Myosun. Jaemyeong gérait les emplacements réservés aux cireurs derrière le cinéma Hyundai, à proximité du restaurant de viande Manseok Hoegwan et du café Gohyang. Aucun des enfants de cette famille n'était allé au terme de l'école primaire. Petit-Bout expliquait fièrement qu'ils avaient abandonné en troisième, quatrième et cinquième année respectivement. Quand je lui ai demandé qui était resté jusqu'à la cinquième année, c'est Jaemyeong, m'a-t-il répondu, le plus intelligent. Le père, un paysan du Jeolla, était décédé peu après leur arrivée à Séoul, mais même s'il était resté en vie, il n'aurait pas pu les envoyer à l'école au-delà du primaire.

Pendant mes vacances d'été, je montais deux ou trois fois par semaine en haut de la colline. J'avais entrepris d'apprendre la boxe avec Jaemyeong. Il me montrait les techniques de base, comment déporter son centre de gravité vers l'avant, vers l'arrière ou latéralement en tenant les jambes écartées pour maintenir une bonne assise, comment se protéger le menton, le visage, les côtes ou l'abdomen en baissant la tête, tout en lançant des uppercuts, des *jab*, des coups obliques, etc. Ne disposant pas de salle de sport, nous n'avions pas de sac de frappe. Nous nous entraînions en sautant à la corde ou simplement en sautant sur place pour développer nos poumons, travailler la souplesse de nos membres et renforcer nos reins.

Après avoir quitté l'école, Jaemyeong était entré tout de suite dans le monde du travail, tout en bas de l'échelle des métiers, celui des décrotteurs et cireurs de chaussures, et il s'était mis à faire du sport « pour se protéger ». Il avait vite compris que, quand il y a bagarre, il vaut mieux ne pas s'en tenir à la pratique orthodoxe d'un seul art martial. Pour enrichir sa palette, il avait fréquenté six mois le dojo de hapkido, il avait fait trois ou quatre mois de judo, puis un an de boxe. Aussi, quand il devait affronter quelqu'un, saisissait-il immédiatement à quel art martial son adversaire recourait. Il disait toujours qu'un lutteur, même de haut niveau, ne pouvait pas gagner contre celui qui avait multiplié les expériences de combats réels. Ayant détecté ses véritables talents de boxeur, le patron de la salle de boxe avait entrepris de le soumettre à un entraînement intensif pour l'aider à « faire ses débuts ».

— Mais pourquoi t'es-tu arrêté ?

Il a eu un petit rire embarrassé avant de répondre :

— C'est à ce moment-là que Seopseop s'est fait coffrer. Qui d'autre allait faire manger la famille ?

Seopseop, c'était le surnom de Jaeseop, son frère aîné. C'est ainsi que j'ai appris que ce dernier avait fait de la taule. Son métier, c'était le vol. Quand il revenait dans la famille au bout de quelques mois, il fanfaronnait avec son butin, tourne-disques, téléviseurs, etc., qu'il entassait dans la pièce exiguë où ses frères dormaient. Et dès qu'il avait tout liquidé, il disparaissait de nouveau. Plus tard, il avait annoncé qu'il avait rejoint une « compagnie », c'était « plus sûr et mieux rémunéré », disait-il, « et il avait appris des techniques ». Dans quelle compagnie un type sans diplômes aurait-il pu entrer ? Celle dont il parlait, c'était une bande de pickpockets.

— Souple, l'épaule ! Pas besoin d'y mettre de la force ! Les bras pareils ! Quand tu te jettes en avant pour attaquer, c'est là que tu y mets de la force ! Compris ?

Tout en me guidant, mon coach n'arrêtait pas de jeter des *ssip*, des *gressip*, en ajoutant :

— Toi, tu connais l'anglais, hein ?

C'était sa manière très spéciale d'employer l'adjectif anglais « *aggressive* », ce que je n'ai compris que beaucoup plus tard.

Lorsque j'ai été introduit chez eux par Jaeggeun, je n'ai pas pu dissimuler ma surprise. Si leur maison était faite comme la plupart des autres

63

juchées sur cette colline (des murs de briques liées par du ciment), elle était deux fois plus grande que la nôtre. Sans cour, elle donnait directement sur la rue. Bien que spacieuse, elle était dépourvue de toilettes. On avait dû faire de deux maisons voisines un seul appartement en abattant le mur mitoyen. Autour du *maru*, il y avait une grande chambre et deux autres plus petites. La grande hébergeait une dizaine de gamins, ceux-là mêmes qui travaillaient comme cireurs de chaussures pour le compte de Jaemyeong ; l'une des petites était occupée par Jaemyeong lui-même et son jeune frère ; la dernière, la plus proche de la cuisine, était réservée à la mère et à Myosun. Il y avait une grande jarre d'eau derrière le *maru*, dans un espace rendu très obscur par le mur de la maison voisine et un auvent long et bas. A tour de rôle, les enfants allaient chercher de l'eau au robinet public pour remplir la jarre où chacun puisait pour faire sa toilette. C'était l'heure du repas. On apporta une longue table basse sur le *maru*. Quand Jaemyeong fut assis, les autres gamins prirent place à leur tour. On m'a fait asseoir en face de Jaemyeong ; Petit-Bout s'est installé à côté de son frère. La mère avait préparé une grande marmite de *sujebi*, soupe de pâtes de farine et de légumes. Elle en remplissait des bols que Myosun plaçait devant chacun. On n'a commencé à manger que lorsque la mère et Myosun se furent assises en bout de table. Les pâtes, coupées grossièrement en rondelles au moyen de baguettes, étaient déjà ramollies avant d'être jetées dans la soupe, si bien qu'elles avaient perdu toute consistance ; on avait l'impression de manger du porridge. La farine, jaunâtre, était de mauvaise qualité. On avait ajouté dans la soupe, à défaut de bouillon de poissons séchés, une sauce de soja diluée et de la courgette hachée menu. Cette soupe n'avait de *sujebi* que l'apparence. Cependant, devant Jaemyeong fumait un bol de riz blanc. Myosun, Petit-Bout, même la mère, tout le monde prenait de la soupe, mais pas Jaemyeong. Comme plat d'accompagnement, il y avait un peu de chou encore vert, saupoudré de piment, très salé, qui n'avait pas eu le temps de macérer. Levant sa cuillère, Jaemyeong a hésité une seconde avant de me proposer :

— Aujourd'hui, tu es notre invité, alors on va changer.

Tous les gamins portaient sur moi des regards mauvais. J'étais affreusement mal à l'aise.

— Non, merci, moi j'aime le *sujebi*.

Sans attendre davantage, Jaemyeong s'est fourré une cuillerée de riz dans la bouche et les regards des autres m'ont délaissé pour revenir sur leur bol. Le riz blanc fumant était réservé au chef de famille : il était le seul à jouir de cet auguste privilège. Cette scène, jamais je ne l'ai oubliée.

Dans notre magasin, deux jeunes filles assistaient mon père. Elles découpaient la pâte de poisson en lamelles que, de gestes mécaniques et souples, elles laissaient glisser dans l'huile du chaudron. Quand ces fines tranches, frites et d'une belle couleur brune, remontaient à la surface, mon père les repêchait et posait, à gauche, celles qu'il estimait réussies, à droite, les autres, brisées ou mal formées. Ma mère rangeait les premières par lots dans de petites boîtes de carton, ou les emballait en fonction des commandes, et servait les clients. Un grand ventilateur tournait tout le temps à grand bruit pour refroidir la friture, brûlante au sortir du bain d'huile.

Quand nous rentrions de l'école, mon frère et moi calmions notre faim avec ces morceaux de pâte de poisson encore bien chauds, écartés à cause de l'imperfection de leur forme. Une fois l'aiguillon de la faim émoussé, nous nous moquions l'un de l'autre en pointant du doigt nos babines maculées et en rigolant de bon cœur. Nous avions pour tâche d'aller porter cette friture de pâte de poisson aux gens à qui nous étions redevables ou à ceux que nous avions intérêt à courtiser. Nous n'oubliions pas, non plus, le vieil homme qui nous apportait de l'eau depuis le robinet public, ni les éboueurs, ni les policiers lorsqu'ils faisaient leur ronde. Nous en apportions quelquefois chez Jaemyeong. Ces soirs-là, c'était, pour les petits cireurs, un véritable festin. Grâce à cette pâte de poisson, mon frère et moi étions devenus des personnes qui comptent dans le quartier. Sur notre passage, on nous demandait si nous venions juste de rentrer de l'école, où nous allions, ce genre de choses... Quand nous apparaissions devant une maison, la mère nous accueillait avec un grand sourire, disant qu'elle n'aurait pas à se faire de souci pour le dîner ce soir-là.

Comme les commerçants et nos voisins du quartier avaient entendu dire que mon père savait écrire, il lui arrivait assez souvent d'avoir à rédiger des correspondances à leur nom. Nous avons su, plus tard, qu'ils avaient pris l'habitude de nous appeler « les étudiants » et non pas « les marchands de pâte de poisson ». De fait, j'étais lycéen, et nous n'étions que deux à faire des études dans le quartier : l'autre était Cha Soona, la fille d'un marchand de nouilles.

A l'époque, on manquait de riz. Le gouvernement faisait campagne pour engager la population à consommer d'autres céréales. Les professeurs contrôlaient le contenu de nos boîtes-repas. Quiconque n'avait apporté que du riz blanc était puni d'un coup de règle sur les doigts. La farine de blé offerte par les Américains dans des sacs décorés d'une poignée de mains unissant nos deux pays (on l'appelait « la farine poignée-de-main ») et distribuée exclusivement par la mairie, était ensuite revendue sur les marchés. A midi, tout le monde se contentait d'une soupe de pâtes de farine ou de nouilles. Les nouilles fines produites industriellement, au goût si doux, glissaient toutes seules dans nos gosiers. Appréciées de tous comme une gâterie, on les réservait pour les jours de fête où elles étaient servies en soupe ou avec un peu de sauce. En soupe au poisson ou avec de la pâte de poisson frite, elles faisaient le régal et la joie des enfants. Bien qu'assez banale à nos yeux, la pâte de poisson remplaçait plus ou moins la viande. Cette friture et les nouilles étaient les plats préférés des gens du quartier. Quand on remontait la grand-rue et qu'on prenait à droite au troisième croisement, on arrivait chez nous, et, par la rue en dessous, chez Jaemyeong. Le magasin de nouilles de Soona se trouvait à l'angle du premier carrefour, là où il y avait un robinet d'eau public.

Un jour d'automne, alors que j'étais en deuxième année de lycée (il n'y avait pas très longtemps que nous nous étions lancés dans notre commerce), ma mère m'a confié un paquet de pâte de poisson frite enroulé dans du papier journal en me demandant d'aller le porter chez Soona. J'étais tout en émoi. Soona, je l'avais croisée plusieurs fois sur le chemin de l'école. Si, parmi les garçons du quartier, il y en a qui ignoraient son existence, c'était soit qu'ils venaient juste d'emménager, soit que quelque chose ne tournait pas rond dans leur tête. Elle était, comme je l'ai dit, la fille du magasin de nouilles situé non loin du robinet où tout le monde venait chercher de l'eau. Tous les matins, elle descendait la grand-rue jusqu'à l'arrêt de bus ; avec son uniforme bien repassé, son col blanc empesé, ses deux tresses, on aurait dit un joli petit héron jeté dans le tumulte d'un marché. Elle était d'une beauté qu'on ne pouvait pas ne pas remarquer. Elle avait l'arête du nez bien droite, de grands yeux, une carnation claire, et tout dans son visage disait la retenue, la réserve. On dit d'une femme qu'elle est jolie quand elle sourit, mais c'est encore plus vrai quand elle apparaît un peu distante, quand elle se donne cet air vaguement hautain, inaccessible, qui tourmente toujours tellement les hommes. Tel était en tout cas le commentaire formulé un jour par Jaeggeun, reflétant l'opinion de son grand-frère Jaemyeong, laquelle je partageais volontiers. Personne ne le disait, mais nous étions tous amoureux d'elle.

Je marchais d'un bon pas, le cœur battant. A l'approche du point d'eau, j'ai ralenti la cadence. Ce papier journal constellé de taches d'huile me faisait honte. Les gens que je croisais pouvaient sans mal reconnaître son contenu. Devais-je vraiment apporter ces bouts de pâte de poisson ratés, me demandais-je, humilié. Devant chez elle était accrochée une enseigne « Nouilles », et un papier collé sur la porte vitrée annonçait, dans une jolie écriture que j'imaginais de sa main : « Nouilles en vente ».

A l'intérieur, dans deux pièces mitoyennes, une machine tournait, actionnée par une courroie. Les nouilles étaient suspendues comme du linge sur les fils d'un séchoir installé le long d'un mur. J'avais une fois ou l'autre, en passant à proximité

69

du point d'eau, aperçu des gens de chez elle en train de suspendre les nouilles sur le séchoir ou de les en retirer. Des nouilles, il y en avait aussi dans des paquets de papier qui s'entassaient sur l'extrémité du présentoir. Il m'était arrivé plusieurs fois de venir en acheter dans cette boutique.

J'ai fait glisser la porte, mais n'ai trouvé personne à l'intérieur.

— Y a quelqu'un ?, ai-je risqué.

La jeune fille a surgi de la pièce du fond. Elle m'a salué d'un mouvement de la tête à peine perceptible. Elle s'est approchée, posant déjà la main sur un paquet de nouilles. Un doux parfum s'exhalait de sa personne.

— Ah, je ne suis pas venu pour acheter des nouilles... En fait, voici...

Elle a immédiatement compris ce que contenait le paquet que je poussais sur le comptoir.

— Hum, ça sent bon !

Le grand sourire radieux qu'elle m'a adressé m'a porté un coup au cœur. J'avais du mal à respirer.

— Merci beaucoup.

Alors que je tournais déjà les talons, elle m'a rappelé :

— S'il vous plaît, prenez ceci.

Elle me tendait un paquet de nouilles. Je l'ai accepté sans réfléchir, puis j'ai aussitôt regretté mon geste. Il aurait fallu refuser puisque ce n'était pas offert par ses parents eux-mêmes. Mais comment oser ? J'ai déguerpi, les joues en feu, avec mon paquet calé sous l'aisselle, craignant d'être vu.

Moi, il m'arrivait souvent de croiser des lycéennes dans le bus ou dans les rues ; mais aux yeux des gens de ce quartier, dont beaucoup n'étaient jamais allés à l'école, Soona était comme un arbre si haut, dont la cime était si inaccessible, qu'il valait mieux ne pas la regarder. Je me souviens de Myosun me disant, un jour que je passais devant chez elle en uniforme de lycéen :

— Quelle surprise, Minwoo, c'est la première fois que je te vois en uniforme. On dirait un étudiant de l'université impériale de Tôkyô dans un film !

Ces mots qui retentissent encore dans ma tête m'ont fait comprendre que je ne pourrais pas rester longtemps parmi ces gens. Je me disais qu'il me faudrait être plus bienveillant à leur égard à l'avenir. Je m'étais déjà fait ce genre de réflexion quand j'avais vu Jaemyeong et son jeune frère pour la première fois.

Tout le monde convoitait la zone que gérait Jaemyeong derrière le cinéma Hyundai. Rusé, intelligent, il la défendait avec habileté. Il avait, de surcroît, réussi à faire embaucher ses deux oncles, l'un en tant qu'artiste chargé de peindre le grand panneau annonçant les nouveaux films, l'autre comme projectionniste. Grâce à eux, il avait pu négocier avantageusement l'accord l'autorisant à exercer son business de cireur de chaussures dans les alentours de la salle de cinéma. Nombreux étaient les voyous qui avaient convoité cette zone, comme c'est souvent le cas, mais les rivalités du début étaient maintenant du passé et plus personne ne contestait l'autorité de Jaemyeong. Et même si le clan qui avait pris position de l'autre côté du carrefour était très fort, tous ses membres connaissaient « grand-frère Jaemyeong » de près ou de loin, et nul n'aurait osé lui manquer de respect.

La deuxième zone d'activité des jeunes cireurs se trouvait dans une rue voisine, devant le restaurant de viande Manseok. En contrepartie de l'autorisation accordée, les jeunes cireurs devaient nettoyer la salle du restaurant à tour de rôle et faire barrage aux marchands à la sauvette et aux mendiants. La troisième zone d'activité était le café Gohyang. L'établissement, au rez-de-chaussée d'un immeuble de trois étages à l'entrée du marché, avait pignon sur rue et voyait beaucoup de passage ; de ce fait, il n'avait pas été possible d'établir un service de cirage devant. Une tente fut donc montée un peu à l'écart dans la ruelle de derrière. Jaemyeong supervisait son personnel œuvrant sur les sites du cinéma et du restaurant, tandis que, derrière le café, c'est Jaeggeun qui officiait avec trois autres jeunes. Grâce à Jaemyeong, j'ai pu, de temps à autre, aller voir quelques bons films

72

gratuitement. Quand il me poussait dans le dos en montrant sa tête au guichetier, c'était gagné.

Un jour, un incident éclata sur le site du café. Un des compagnons de Jaeggeun, parti chercher des chaussures à cirer, était revenu les lèvres en sang. Des gamins inconnus avaient installé leurs tabourets à la porte du café. Ils étaient déjà à l'œuvre. Le jeune cireur s'était non seulement vu interdire l'accès de son lieu de travail, mais en plus il s'était fait tabasser. Très remontés, ses copains voulaient aller régler leur compte aux intrus sans attendre. Jaeggeun les en dissuada : il valait mieux qu'il aille d'abord voir lui-même de quoi il retournait. Comme l'avait expliqué son jeune collègue, il trouva leurs tabourets installés devant l'entrée ; trois filous étaient en train de cirer les chaussures de clients qu'ils avaient fait asseoir ; ils traitaient aussi d'autres chaussures qu'ils étaient allés récupérer à l'intérieur du café. Jaeggeun s'est approché d'eux. Au lieu de leur demander : « D'où venez-vous ? Qui vous a autorisés à travailler ici ? C'est une zone à nous, etc. », il leur a lancé :

— Qui a osé toucher à mon pote ?

Un jeune lascar, encore plus court que lui, s'est levé en lui adressant une méchante grimace qui lui creusait des sillons en travers du front.

— Allez voir ailleurs, ici c'est nous qui travaillons.

Jaeggeun n'en croyait pas ses oreilles :

— Ah bon ? depuis quand cette zone est à vous ?

— Le propriétaire de l'immeuble nous a donné l'autorisation, a répondu un autre en se poussant du col.

Jaeggeun s'en est retourné en ricanant. Il savait très bien comment son grand-frère réglerait le différend, pas la peine de s'énerver.

Avant la fin de la journée, Jaemyeong et Jaeggeun savaient qui était ce rival nouvellement venu. Il s'appelait Bout-de-Tronc. Il avait un an de moins que Jaeggeun, nous avions donc le même âge. Il avait emménagé récemment dans le quartier juste au-dessus de chez nous. Vivant auparavant de l'autre côté du boulevard, il s'était accointé avec certains gamins du clan du carrefour. Ceinture noire de taekwondo, il enseignait son sport à des jeunes du quartier. Il utilisait la salle de taekwondo au-dessus du café, dont s'occupait son frère, troisième dan, de trois ou quatre ans plus âgé que Jaemyeong. Il empochait des dividendes supplémentaires en faisant travailler des gamins de sa connaissance comme cireurs.

Jaemyeong trancha immédiatement (j'étais témoin de leur dispute) :

— Laisse tomber la zone du café.

— Quoi ? s'énerva son jeune frère, qu'est-ce que je deviens, moi ? Ça la fout mal, tout le quartier va être au courant qu'on s'est fait évincer.

— On ne règle pas ce genre de choses à la va-vite. A partir de demain, tu iras chercher des chaussures devant les magasins du carrefour.

Jaeggeun et ses collaborateurs n'étaient pas d'accord, moi non plus. Mais nous avons été obligés de fermer notre gueule. Faute d'opposition, Bout-de-Tronc n'avait plus peur de rien, il s'aventurait dans la zone de travail de son rival pour s'arroger ses profits. Jaeggeun a fini par laisser éclater sa colère contre son frère.

— Grand-frère, tu as peur ? On se fait humilier si on ne réagit pas, on ne va pas pouvoir continuer dans le quartier.

Jusque-là, personne n'avait osé contredire Jaemyeong. Son autorité avait permis à ceux de son équipe d'occuper les meilleures places de la grand-rue. Mais voici qu'il se heurtait au coup de force de Bout-de-Tronc et de ses affidés, pas moins de sept ou huit gamins.

Des jeunes des quartiers pauvres au-delà de Dongdaemun ou à Dalgol, j'en ai vu beaucoup, c'étaient tous des gamins à la dérive. Ils avaient quitté très tôt les bancs de l'école, ils formaient des bandes pour aller vendre ou voler. Plus âgés, ils bossaient quelque temps à l'usine avant d'aller faire leur service militaire et de quitter définitivement le giron familial.

De retour de ses maraudes, Jaeseop, l'aîné, fut informé de ce qui se passait par son plus jeune frère. Il demanda des explications à Jaemyeong aussitôt que ce dernier fut rentré de son travail.

— Je veux vivre en paix avec les autres. Son frère, c'est un maître de taekwondo. On attend juste le bon moment pour faire quelque chose.

— Arrête, as-tu oublié qui tu es ? Tu es le frère cadet de Jaeseop, tu as appris le hapkido, le judo et la boxe. Tu crois pouvoir gagner ta vie en te conduisant de cette façon ? Demain, on met de l'ordre dans tout ça.

Le lendemain, les deux frères descendent au marché accompagnés des plus âgés des gamins. Devant le café, point de Bout-de-Tronc. Les cireurs disent qu'il est en train de donner une leçon de taekwondo. Tout le monde se rue à l'étage. Effectivement, Bout-de-Tronc, qui s'est vu confier la séance d'entraînement en l'absence de son frère, fait des démonstrations en poussant des cris. Le commando chasse les apprentis tandis que Jaemyeong lance à leur jeune maître :

— Tiens donc, ça tombe bien.

L'autre se met aussitôt en position d'attaque, un pied en avant.

— Allez, cette fois on va se mesurer pour de bon.

— Ça alors, ce minus, il ose !

Jaemyeong dévie les coups de pied du gamin et, l'abordant par la bande, lui en plante deux au menton, qui le jettent à terre.

— Tu dis que tu es ceinture noire ? Hé, debout, petit con !

Jaemyeong le prend au collet et lui loge un autre coup dans le ventre. Bout-de-Tronc s'effondre, plié comme une crevette. Dans le même temps, Jaeseop décroche des murs les miroirs et les cadres qu'il jette à terre.

— Tu as pris l'argent de ces gosses, l'avertit Jaemyeong. Jusque-là, j'ai fermé les yeux, mais si tu recommences, prends garde. Je sais où tu habites, je sais sur quel site de construction ton père est employé. Je te laisse quand même travailler au café, mais comme j'aime pas me disputer avec les petits, n'essaie pas de déborder, jamais ! Sinon, tu te feras broyer. Désormais, t'as intérêt à bien te tenir, compris ?

Laissant Bout-de-Tronc plié parmi les débris de verre, les deux frères quittent les lieux. Non sans s'attendre à ce que le manageur de la salle de sport leur rende bientôt visite.

En remontant la grand-rue de Dalgol au-delà du croisement qui menait chez moi, on aboutissait à un cul-de-sac. Il fallait bifurquer soit à droite, soit à gauche pour accéder au sommet de la colline. On pouvait aussi prendre un raccourci fait de pierres vaguement agencées en escalier. Avant d'atteindre le sommet, on débouchait sur un terrain abandonné dont quelqu'un, par le passé, avait sans doute tenté de faire un jardin. De là, on embrassait du regard l'ensemble du bourg jusqu'au marché ; on apercevait les ruelles et, ici et là, la cour intérieure de certaines maisons. Si le sommet était l'endroit où les adultes et les jeunes se réunissaient, ce vestige de champ était notre lieu de rencontre exclusif. Bout-de-Tronc savait très bien où nous trouver. Alors que le soleil déclinait, un gamin de notre clan chargé de faire le guet a annoncé :

— Ils montent !

Jaeseop et Jaemyeong étaient assis face à face devant un échiquier chinois. Nous faisions cercle autour d'eux. Bout-de-Tronc est arrivé le premier. Il s'est retourné, laissant paraître derrière lui la silhouette solidement charpentée du patron de la salle de taekwondo :

— Qui a osé ? Qui est le voyou qui a tout cassé dans ma salle ?

— C'est toi le responsable de la salle ? Viens t'asseoir ici, lui répond Jaeseop, accompagnant sa proposition d'un geste de la main.

Jaemyeong, discrètement, se lève. Le maître de taekwondo vient se planter au milieu de notre cercle. Jaeseop, toujours assis devant l'échiquier :

— Qu'on s'affronte, je veux bien. Mais auparavant, écoute-moi.

Le visage écarlate, l'autre serre les poings, prêt à en faire usage :

— Tiens donc, un voyou qui veut en découdre ?

Il s'approche plus près tandis que Jaeseop poursuit sa comédie :

— Attends un peu, j'te dis ! Ecoute d'abord ce que j'ai à te dire, ici c'est un terrain vague, tu te crois dans ta salle de sport ?

Il fait claquer ses pions sur l'échiquier et, dans l'instant où l'autre se penche en avant, Jaeseop se dresse prestement et lui loge un direct dans l'estomac. Un coup sourd qui le déstabilise complètement. Puis, l'empoignant par les cheveux, il lui administre toute une volée de coups de poing. Bout-de-Tronc, qui est venu avec deux autres de ses copains, se tient à l'écart, regardant bêtement ce qui se passe. Jaeseop traîne son adversaire sanguinolent, à demi conscient, en le tenant sous les aisselles, jusqu'à l'extrémité du terre-plein. Et là, il lui lance cet avertissement :

— Moi, je file. Dénonce-moi à la police si ça te chante. Quand on emménage dans un quartier, connard, la coutume veut qu'on vienne gentiment proposer de travailler ensemble. Et toi, tu viens semer la merde avec tes gamins. Si tu continues, je fous le feu à ta foutue salle de sport. Alors, occupe-toi de ta salle et de rien d'autre, compris ?

Puis, du bout du pied, comme pour se débarrasser d'un détritus, il pousse le corps sur la pente, qui roule quelques tours avant de s'immobiliser.

Bien vite, la rumeur a colporté sur ce versant de la colline mais aussi sur l'autre que le maître de taekwondo avait perdu dix jolis grains de maïs de sa denture, en haut et en bas, que son nez s'était affaissé, et qu'il allait devoir rester deux bons mois à l'hôpital. Il s'était fait battre comme plâtre et, en plus, il avait fait appel à la police, autrement dit, il avait complètement perdu la face.

Témoin de ces moments, je me disais que la vie était rude, que ce petit enfer où je vivais était le dur reflet du monde. En dernière année de lycée, j'étais obsédé par l'idée qu'il me fallait absolument faire quelque chose de ma vie, trouver ma voie. J'étais déterminé à travailler sans relâche pour être admis à l'université et quitter enfin ce quartier.

C'est aussi à cette époque que je suis tombé amoureux pour la première fois. Lorsque je me suis senti profondément attaché à Soona, la fille du magasin de nouilles, j'ai découvert que la plupart des garçons du quartier étaient eux aussi amoureux d'elle. Curieusement, Jaeggeun s'était arrogé la corvée d'eau. Et moi, je le complimentais pour sa diligence ! Les autres gamins échangeaient entre eux de drôles de sourires. C'est Jaemyeong qui m'a ouvert les yeux :

— Tu devines pas pourquoi il fait ça ?... C'est pour voir Soona !

Le point d'eau, en effet, se trouvait tout près du magasin de nouilles. Jaemyeong lui-même était, un jour, allé coller sur la porte du magasin l'affiche d'un film qu'on donnait au cinéma Hyundai, puis il avait apporté des invitations gratuites pour une séance. A en croire Jaeggeun, Bout-de-Tronc venait presque tous les jours acheter des nouilles. Je remarquais aussi que, chez Jaemyeong, la situation semblait s'améliorer, les nouilles se substituant souvent à la soupe de pâtes de farine. Myosun, qui avait dû deviner ce qui se passait chez ses frères, disait en larmes qu'elle voulait elle aussi aller à l'école comme Soona.

De temps en temps, j'apercevais Soona en route pour le lycée. Parfois, nous nous croisions en chemin. Il nous arrivait de nous trouver dans le même bus. Comme ce jour où je me suis retrouvé debout devant elle, qui était assise. Elle a gentiment tiré mon sac pour le prendre sur ses genoux. J'ai acquiescé d'un signe de la tête avec un sourire timide. Encouragée par le fait que nous étions les seuls lycéens de notre quartier, elle m'a adressé la parole :

— Dites donc, c'est un livre de la bibliothèque du nord de Séoul, s'est-elle exclamée en tirant l'ouvrage qui dépassait de mon sac.

— Vous y êtes déjà allée ?

— Bien sûr, moi aussi j'y emprunte des livres…

Puis, nous n'avons plus su que nous dire.

Quand nous descendrions du bus, nous serions tout de suite plongés dans le marché, et nous devrions feindre de ne pas nous connaître. L'arrêt approchant, je sentais l'angoisse monter.

— Je vais aller chercher des livres ce vendredi, ai-je osé, ça ne vous dirait pas d'y aller avec moi ?

— A quelle heure ?

— Après l'école, à quatre heures et demie ?

— Je verrai si c'est possible.

La bibliothèque se trouvait à mi-chemin entre nos deux écoles. Elle fermait à six heures, ce qui nous permettait de passer un peu de temps ensemble. Ce jour-là, par chance, il pleuvait. Ayant fait exprès de ne pas me munir de parapluie, je me suis glissé sous le sien.

Ensuite, Soona, je l'ai revue plusieurs fois. Après être entré à l'université, je l'invitais à me rejoindre au centre-ville. Cela a duré quelques mois. Mais, curieusement, je me souviens très mal de ce moment de ma vie. Mes souvenirs sont tout embrouillés, complètement sens dessus dessous. Rien d'étonnant quand on a passé plusieurs décennies dans un monde si éloigné de celui-ci.

4

Les bruits de la ville se réveillent les uns après
les autres, on dirait qu'ils rivalisent, j'ai les nerfs
à vif ce matin. La porte du magasin m'a, en s'ouvrant, arrachée au somme dans lequel je m'étais
laissée glisser, profitant de l'absence momentanée
de clients ; le vacarme assourdissant des auto-
mobiles me sature les oreilles, cogne contre mes
tympans – un bruit auquel je suis pourtant habituée. Comme j'ai été très occupée ces derniers
jours par les répétitions et la mise au point des
ultimes détails avant la représentation et que je
n'ai eu le temps de fermer l'œil qu'un tout petit
moment sur le matin, la fatigue se fait sentir. Une
heure supplémentaire, ça pèse. Chaque fois que je
secoue la tête pour chasser le sommeil, j'ai l'impression de m'enfoncer dans un nid de guêpes, je
vois du noir avec des guêpes tournoyant autour de
moi. Les jours pénibles comme celui-ci, où je me
sens vraiment exténuée, où j'ai du mal à reprendre
pied, je pense à Kim Minwoo. Chaque fois que,
dans la rue, j'aperçois le dos d'un homme en

tee-shirt noir, avec une casquette de baseball, mon cœur s'emballe ; rien qu'à entendre les motos des livreurs de pizza, tout mon être s'affole. Pour se présenter, il m'avait dit :

— Je suis *haegoja*.

— Quoi ? avais-je rigolé, vous vous appelez Goja, eunuque ? Comment peut-on avoir un nom pareil ?

Il n'avait pas changé d'expression, il avait simplement répété : « *haegoja* » (licencié).

La première fois que je l'ai vu, c'était dans une pizzéria où je travaillais à temps partiel. Non, je ne veux pas dire que j'ai séduit un client. Lui aussi il travaillait à la pizzéria. Il détonnait un peu là, dans cette pizzéria où, à part le gérant, il n'y avait que des jeunes dans la vingtaine. Il me faisait penser à ces malheureux garçons qui regagnent les bancs de l'université après un long service militaire, alors que tous les autres sont des jeunes fraîchement recrutés au sortir du lycée. Il avait trente et un an. Il était chargé des livraisons. Il ne portait que des tee-shirts noirs. Rien que des noirs : seuls changeaient les citations ou les dessins sur la poitrine, la longueur des manches et la nature de l'étoffe. Personne à part moi n'avait dû lui demander pourquoi il portait toujours des tee-shirts noirs. Il m'avait répondu brièvement, comme à toutes mes autres questions :

— Parce que j'aime pas faire la lessive, ça te va ?

Les serveurs l'appelaient « Tee-Shirt-Noir ». A l'époque où nous travaillions ensemble, nous n'étions pas particulièrement liés. Pour décrire notre relation, j'utiliserais volontiers ce vieil adage rebattu : « Ils se regardent comme un bœuf et une poule. »

Comme j'étais vive et dynamique, le gérant du restaurant m'avait affectée à la cuisine. J'étais chargée de préparer non pas la pâte, mais la garniture. M'étant trompée une fois ou l'autre en disposant d'autres ingrédients que ceux qui étaient prévus, le gérant m'avait rétrogradée en apprentissage. Il avait réduit mon salaire horaire pendant trois mois. J'avais entendu dire, à l'époque, que même pour un petit boulot à temps partiel, on devait signer un contrat. Le gérant n'avait rien dit, mais je croyais que les choses se passeraient conformément à la réglementation. Au bout d'un mois, j'avais bien mémorisé toutes les recettes de pizzas. J'ai patienté encore un mois en apprentissage. En regardant ma feuille de paie à la fin du quatrième mois, j'ai vu que j'étais toujours payée au tarif apprenti. J'ai interrogé le gérant. Il m'a expliqué qu'il avait déduit mes deux jours d'absence car cela avait porté un coup au bon fonctionnement de son restaurant. Trois cent mille wons de moins, ai-je protesté, c'était tout de même un peu trop… J'étais impuissante face à ce type qui prétendait que j'avais encore besoin d'une période d'apprentissage. Pour vivre à Séoul, il faut un million six cent mille wons pour une personne seule, et je touchais juste un million ! Et, en plus, on m'en enlevait quasiment la moitié ! Mon job était devenu un emploi à trois mille wons de l'heure !

Quand, pour conclure notre querelle, j'ai pris la porte en jetant au gérant que j'arrêtais de travailler dès le lendemain, Tee-Shirt-Noir s'est précipité pour me retenir. Il a dit au boss qu'il était illégal de ne pas signer de contrat de travail en bonne et due forme, et qu'il avait obligation de faire savoir à ses employés nouvellement recrutés que les trois premiers mois étaient une période d'essai. Au-delà de cette période, a-t-il poursuivi, il fallait rémunérer le personnel correctement en appliquant le tarif horaire. Ses observations, il les a faites calmement, point par point. Le gérant a répondu qu'il était dans son droit car l'intéressée avait accepté le job, et qu'il n'avait rien d'autre à lui dire. Tee-Shirt-Noir, alors, a déclaré qu'il cessait lui aussi de travailler, et qu'il allait le dénoncer dès le lendemain au ministère du Travail et à Pôle emploi. Tee-Shirt-Noir pouvait faire comme bon lui semblait, a répliqué le gérant, il n'en avait rien à foutre. Quant à moi, j'ai bel et bien laissé tomber le job.

Aujourd'hui, j'ai renoncé à pas mal de choses, je ne me plains pas trop quand le tarif horaire et le travail me semblent assez raisonnables. En général, l'heure dans une supérette est payée quatre mille cinq cents wons, mais comme j'assure le service de nuit et que je fais des heures sup, ça me rapporte cinquante pour cent de plus, et comme je travaille cinq jours dans la semaine, je peux prétendre à un jour d'indemnité. Cela dit, j'ai quand même accepté de ne toucher que soixante mille wons pour dix heures de travail de nuit. En revanche, je suis payée au jour le jour, une fois les heures faites. Il y a quelques années, je n'aurais pas toléré ces injustices et je me battais pour faire valoir mes droits. Mais maintenant, me battre m'ennuie, je préfère trouver un accord plus ou moins acceptable.

Quelques jours après mon départ de la pizzéria, alors que j'étais en répétition au théâtre, on m'a annoncé une visite. C'était Tee-Shirt-Noir. Il m'a embarquée dans sa vieille Hyundai Galloper – le moteur faisait un drôle de vacarme – pour m'emmener à la pizzéria. Le gérant nous attendait. Il m'a remis une enveloppe de trois cent mille wons. Quand, après avoir jeté un coup d'œil à l'intérieur pour vérifier le montant, j'ai fait le geste de la mettre dans la poche arrière de mon pantalon, Tee-Shirt-Noir l'a prestement saisie.

— Là, n'importe qui pourrait la prendre ! Il faut la ranger dans ton sac.

— On va aller manger ensemble avec cet argent tombé du ciel, lui ai-je proposé.

J'étais heureuse de recevoir cette somme inespérée et, en même temps, je ne pouvais pas repartir toute seule de mon côté sans rien lui offrir.

Jetant un coup d'œil sur les alentours, il a choisi un restaurant de soupe de boudin.

— Les jeunes filles d'aujourd'hui n'ont pas un gramme de bon sens, a-t-il murmuré comme pour lui-même.

Je lui ai demandé s'il avait une idée sur l'origine de cette enveloppe miraculeuse. Il n'avait pas déposé de plainte auprès du ministère du Travail, ni auprès de Pôle emploi. Il savait bien qu'il existait des réglementations, mais il savait aussi que, pour des montants aussi dérisoires, on avait beau saisir l'administration, elle ne faisait rien pour récupérer les salaires impayés, elle ne tentait même pas de contacter les employeurs. En réalité, il avait demandé à un copain d'appeler la pizzéria : d'une voix menaçante, informant le gérant qu'il avait reçu une plainte, il l'avait prié de lui expliquer pourquoi une chose aussi répréhensible s'était produite. Les jours suivants, Tee-Shirt-Noir était resté planté devant le restaurant aux heures de pointe à midi et le soir en exhibant une pancarte sur laquelle la mauvaise pratique de la maison était dénoncée en gros caractères. Mis au courant de l'affaire, le patron du restaurant – il tenait une autre pizzéria – était venu pour régler le contentieux. Et un accord avait été trouvé. La morale de l'histoire est qu'il faut toujours signer un contrat de travail même pour un temps partiel payé à l'heure. Ce n'est qu'au regard du contrat que l'on peut déterminer le montant de la paie en fonction de la durée de l'engagement, des heures faites et des obligations.

C'est lui qui m'a aidée à trouver, au bout d'une semaine, un autre petit boulot dans un café situé dans les environs d'une université. Avant, m'a-t-il dit, il travaillait dans une grande entreprise de construction, mais il avait perdu son emploi. Il survivait maintenant grâce à deux ou trois petits boulots qu'il enchaînait. Je le voyais de temps à autre. Il venait à ma rencontre là où je travaillais à peu près au moment où je terminais, parfois je l'invitais à venir assister à une représentation que j'avais mise en scène. Nous sommes devenus amis, au point de passer aux yeux des autres pour un couple de vieux amants. Nous étions tous deux conscients de notre situation, une situation qui ne nous laissait guère le loisir de nous permettre des flirts. Nous maintenions l'un et l'autre une certaine distance entre nous comme si nous nous étions entendus. Quand nous étions ensemble et seuls, nous jouissions d'une étrange empathie. Il m'arrivait, devant un verre de *soju,* de déverser toutes les plaintes dont mon cœur était gros, et parfois l'envie de pleurer pour de bon me prenait. Alors, je portais les yeux sur les dessins ou les caractères imprimés sur son tee-shirt noir avant de changer au plus vite de sujet de conversation.

Il était diplômé d'une université technique. En tant que fils unique d'une veuve, il avait pu effectuer un service civil en lieu et place de son service

89

militaire. Il avait très vite obtenu un emploi en CDI où il était resté huit ans. Il était pour moi un vétéran qui connaissait bien les méandres de la vie. Les copains de mon âge m'avaient l'air de gamins courant après des mirages. Lui me paraissait plus mature, plus digne. Au début, ni lui ni moi n'avons posé de questions sur notre situation familiale, ni sur nos amis respectifs. Mon impression était qu'il n'avait pas de vrais amis. C'était pareil pour moi. Les amis que je m'étais faits au théâtre, acteurs ou metteurs en scène, n'étaient pas de vrais amis : nous nous retrouvions en scène et, la représentation terminée, chacun retournait à ses petites affaires. La scène est un monde fictif loin du réel. Dans cette société où quantité de jeunes titulaires d'une maîtrise ou d'un doctorat n'arrivent plus à trouver d'emploi, le diplôme universitaire de Minwoo n'était guère plus valorisant qu'un certificat de fin d'études secondaires.

Alors qu'il travaillait comme journalier sur un site de construction, il s'était fait remarquer par un ingénieur et recruter avec un contrat provisoire. On lui avait confié un poste dans le service de gestion du personnel et du matériel, où il s'était montré scrupuleux et compétent. A la fin de chaque année, lors du renouvellement de son contrat, il ne pouvait que constater à quel point il était discriminé par rapport aux travailleurs recrutés régulièrement. Il ne bénéficiait pas de congés payés, ni d'offres de formation, ni de services sociaux, il avait un salaire moitié moindre, il ne pouvait compter sur des bonifications ou des primes incitatives. Quand il y avait des dîners organisés pour les collaborateurs, il lui fallait toujours se montrer très déférent, il évitait de participer aux discussions, il se contentait de manger et de boire seul dans un coin et se gardait de suivre les autres dans leur deuxième tournée.

Kim Minwoo n'était pas quelqu'un de bavard, et il était devenu encore plus avare de paroles dans les mois qui avaient précédé l'incident à l'origine de son licenciement. C'est moi surtout qui parlais, lui m'écoutait toujours sans rien dire. Parfois, il restait assis, l'air ailleurs. Pourtant, si je me sentais si bien en sa compagnie à table ou devant un verre, c'est parce qu'il était toujours discret : jamais il ne se mettait en avant, il n'avait ni prétentions ni exigences, je me sentais libre comme si j'étais seule tout en étant avec lui. Une fois, rencontrant un collègue du théâtre dans un bar, je l'avais présenté comme un cousin. Et de fait, à partir de ce jour, je l'ai regardé comme un cousin avec qui j'aurais grandi.

Au fur et à mesure que l'heure d'ouverture des bureaux approche, les clients arrivent en plus grand nombre. Certains achètent une cannette de café, des salariés à la mine chiffonnée par la gueule de bois cherchent quelque chose pour se dégriser, des jeunes happent un bol de nouilles

instantanées sur la minuscule table du magasin
d'autres achètent leur *bentô* quotidien, des jeunes
femmes se munissent d'un sandwich et d'une
boisson pour le bureau... et, à neuf heures pile
le patron arrive pour me relayer. Bien qu'ayan
pu dormir une heure de plus que les autres jours
il a le visage boursouflé, chargé de fatigue. I
fait le tour du magasin. Je l'attends derrière le
comptoir, j'ai déjà enlevé mon tablier et ajuste
mon sac à dos sur mes épaules. Après s'être
assuré que tout va bien, il me tend soixante mille
wons.

— Dis, ce soir, tu viens à l'heure, hein ! insiste-il
— Je suis désolée pour hier soir.

Je me rappelle qu'aujourd'hui on a la dernière
répétition et qu'en plus on est vendredi. Pendan
le week-end, c'est un étudiant qui me remplace
lui ne travaille que deux nuits.

Dans le bus qui m'emmène à la périphérie de la
ville, il y a beaucoup de places libres à cette heure-ci
Dans l'autre sens, en direction du centre, les bu
sont bondés. A peine assise, je somnole. Mes yeux
s'ouvrent tout seuls à l'approche de mon arrêt.

Tandis que je m'engage dans la petite rue qu
monte, bordée d'immeubles de briques sombres
j'entends le signal annonçant un SMS.

Tu es à la maison ? Tu as dû avoir une dure
journée. Les représentations commencent demain
Si je ne peux pas y aller demain, j'irai après-demain

Tu me manques, il y a un moment qu'on ne s'est pas vues.

C'est un SMS envoyé par la mère de Kim Minwoo. Je m'arrête pour lui répondre :

Vous êtes au travail ? Je viens de rentrer. Vraiment fatiguée, snif. Faites-moi signe quand vous pouvez. Après la pièce, on boit un verre, d'accord ?

Au lieu de prendre l'escalier qui descend chez moi, je m'engage dans celui qui monte. Sur les deux côtés du couloir, sur trois étages, ce sont des alignements de petits studios. Les propriétaires habitent au quatrième. Un couple de fonctionnaires à la retraite. La dame est très gentille, tout à fait courtoise. J'appuie sur la sonnette. La porte s'ouvre, la propriétaire passe la tête, elle sait parfaitement d'où je viens. Je lui tends les trois cent mille wons.

— Je sais que je suis en retard de deux mois, voici d'abord pour un mois. Après les représentations, je pourrai vous régler l'autre mois.

— Tss tss, ce n'est pas bon de vivre en travaillant toute la nuit... tu as une bien mauvaise mine. Tu manges correctement au moins ?

— Bien sûr, fais-je avec un vague sourire, si on bosse, c'est bien pour vivre.

— Attends une seconde, me dit-elle alors que je m'éloigne, j'ai quelque chose pour toi.

93

Elle me tend du *kimchi* de moutardon qu'elle a reçu de province. La sauce de poisson est appétissante, j'en ai la salive à la bouche. Je la remercie. Ai-je encore du riz ? me demande-t-elle. Après les remerciements et l'échange de salutations, je descends lentement l'escalier pour arriver devant la porte de ma pièce, si sombre, à moitié en sous-sol.

5

Choi Seung-kwon m'a appelé au bureau pour m'inviter à une réunion de concertation sur le projet Asia World et un déjeuner avec Im, le président de l'entreprise de construction Daedong. Je me suis fait prier, sans toutefois pouvoir refuser car l'ouverture du Hangang Digital Center était prévue pour quelques mois plus tard. Le bruit courait que l'entreprise connaissait des difficultés de financement ; les journaux parlaient d'une possible affaire de corruption. Le marasme du secteur de la construction se confirmait, toutes les entreprises étaient touchées. Le projet Asia World avait pris du retard : il faut dire qu'il y avait eu un changement de gouvernement et qu'un premier partenaire chargé de la conception avait jeté l'éponge. Au début, le président Im ne s'était pas intéressé du tout à ce projet, il l'avait même complètement ignoré jusqu'à l'époque où j'avais commencé à travailler à la conception du Hangang Digital Center. C'est probablement Choi Seung-kwon qui lui avait mis le pied à l'étrier. Ce Choi

Seung-kwon est le frère d'un de mes amis de l'université.

Son frère aîné, Choi Seung-il, était étudiant à la fac des beaux-arts. Pendant mes études d'architecture, comme je m'intéressais aussi à la peinture, un copain m'avait présenté Seung-il. Il travaillait comme assistant dans un atelier créé par l'un de ses amis plus âgés que lui, dont la principale activité était de préparer les candidats à l'examen d'entrée à la fac des beaux-arts. Seung-il appartenait à une vieille famille (à l'esprit toutefois très ouvert) de la bourgeoisie de Séoul. Son père était professeur à l'université, sa mère, une designer connue. Plusieurs fois invité chez eux, j'avais été surpris de voir les deux frères boire et fumer sans aucune gêne avec leur père. Ce que j'admirais le plus, c'était leur bibliothèque, une salle aussi spacieuse que leur immense séjour : les murs étaient tapissés de livres jusqu'au plafond. Je dois à Seung-il de m'avoir appris à faire des esquisses et des dessins. Hélas, il s'est tué dans un accident de voiture peu après avoir terminé ses études universitaires. Lui qui roupillait dès qu'il avait bu un verre, il s'était, paraît-il, complètement saoulé ce jour-là ; s'aventurant au milieu de la rue pour attraper un taxi, il a été happé par un bus qui tournait à l'angle. J'ai appris de son frère, plus tard, que Seung-il souffrait d'un grand chagrin d'amour. A ce moment-là, je faisais mes débuts à l'agence d'architecture Hyunsan : l'assistant payé à l'heure que j'étais n'avait pas été informé de l'accident, et, bien entendu, je n'avais pas pu assister aux obsèques de cet ami.

Alors que, revenu de l'étranger, je travaillais pour Hyunsan en tant que chef de bureau, un jour, Choi Seung-kwon, son frère, m'a contacté. Il cherchait à me joindre pour affaire. Lui, il avait toujours mille choses à dire, sur l'architecture, le design, sur tout, il était aussi bavard qu'une encyclopédie. Il avait d'abord travaillé pour une agence de publicité appartenant à un grand conglomérat puis pour une autre, internationale, avant de créer sa propre agence. Ensuite, jugeant qu'il avait « accumulé suffisamment de biens pour le reste de sa vie », il s'était retiré des affaires. La plupart de ses biens étaient dans l'immobilier.

Il avait écrit des livres sur la culture et la gestion (deux domaines pourtant difficiles à marier), il organisait des conférences à caractère unanimiste. Il parrainait une fondation culturelle qu'il avait baptisée d'un nom poétique. C'était une sorte de club pour désœuvrés. J'y suis allé deux ou trois fois récemment à l'invitation de Seung-kwon lui-même. On échangeait des cartes de visite au cours d'un buffet, on écoutait un conférencier d'une certaine notoriété, puis on se rendait dans la villa ou la résidence secondaire de l'un ou l'autre des membres du club pour boire encore un verre. Je supportais tant bien que mal les paroles bienveillantes et les bonnes manières de ces gens aussi assommantes qu'exécrables. Qu'ils se sentent seuls et anxieux n'était pas pour m'étonner. Tout le monde ne peut pas frapper dans le mille. Il leur fallait tenter de consolider, de valoriser les modestes succès qu'ils avaient obtenus au cours de leur vie. Je me disais, aussi, que ma vie n'était pas très différente de celle de Choi Seung-kwon. Seulement je portais sur le monde un regard plus cynique que lui.

J'avais été invité à dîner par le président Im de la société Daedong l'année dernière, si ma mémoire est bonne. Choi Seung-kwon était arrivé avant moi. On ne s'était pas vus depuis plusieurs années. Il n'avait pas changé d'un iota : pour lui, c'est la culture qui conduisait les affaires du monde.

— Vous avez vraiment un très bon carnet d'adresses, ai-je glissé au président Im. Comment l'avez-vous connu ?

— C'est simple, on fréquente la même église.

Il s'était attardé quelques instants sur le sujet de l'église :

— C'est grâce à lui que ma femme et moi assistons à la prière de l'aube.

C'était une petite église, discrète, réservée à quelques connaissances, toute autre que celles que fréquentaient les personnalités les plus en vue du monde politique.

— Les autres églises, avait-il poursuivi, sont comme des clubs pour la haute société, alors que la nôtre, c'est une communauté de vrais croyants.

C'est à l'occasion de ce dîner que j'avais entendu le président Im parler pour la première fois du projet de construction d'Asia World. Choi Seung-kwon était intervenu, lui, pour préciser des détails. Fort de mon expérience au sein de l'agence Hyunsan, j'avais aussitôt appréhendé les caractéristiques du projet. Ce genre de chantier allait être complètement dépendant de la volonté politique du gouvernement du moment. Son implantation étant prévue dans la périphérie de Séoul, la volonté du gouverneur du Gyeonggi et le fait qu'il soit du parti au pouvoir ou non allaient être déterminants. Choi Seung-kwon avait déjà dû travailler à ce projet, autrement dit il avait certainement déjà noué des liens et ces liens se renforceraient au fur et à mesure de son avancement. C'est le genre de personne qui a le bras long, avec des relations partout. Il n'est pas bien difficile de se trouver au bon endroit. Il suffit de prêter l'oreille à ce que disent les gens au pouvoir et d'utiliser à tout bout de champ des mots, pas exactement les mêmes, mais semblables aux leurs, pour donner à penser qu'on est bien sur la même longueur d'onde. En général, ça marche. Certes pas toujours. Mais même si ça ne marche pas, on n'est pas complètement poussé à l'extérieur du cercle des décideurs, car on leur a fait connaître les intentions pures et bienveillantes de nos propositions et on leur a expliqué qu'elles ne nuiraient en rien à la classe au pouvoir. C'est grotesque, snob et petit, mais les classes moyennes s'y laissent prendre, qui ne voient dans ces manières de faire que du simple bon sens.

Moi qui me donne pour règle de ne jamais dévoiler d'emblée le fond de ma pensée, j'ai simplement souri. Je faisais certainement partie de ces classes moyennes.

Je suis donc allé à cette réunion de concertation à la périphérie de Séoul avec la voiture de ma boîte. Il y avait, ici et là, à la lisière des champs, des complexes d'appartements et même quelques tours très modernes. Certaines étaient encore des squelettes de poutres métalliques, d'autres déjà habillées de ciment, de métal ou de verre.

Un employé nous attendait. Il nous a conduits à un bureau devant lequel était placardé un panneau : « Comité de pilotage d'Asia World ». Le président Im m'a réservé un accueil chaleureux tandis que Choi Seung-kwon mettait la dernière main à la préparation de sa présentation. Le panel était constitué d'un responsable du département, d'un directeur du ministère de la Culture, d'un spécialiste d'une institution financière, d'un haut responsable d'une banque et d'un homme jeune que je ne connaissais pas, assis tout à côté du président Im. Ce dernier a ouvert la séance :

— Il y en a, parmi nous, qui n'ont pas beaucoup de temps : commençons tout de suite.

— Désolé, a chuchoté l'homme que je ne connaissais pas à l'intention de Choi Seung-kwon, c'est que j'ai une autre réunion après.

Le pointeur laser en main, Choi Seung-kwon a allumé le projecteur. Les images du plan directeur et les vues à vol d'oiseau préparées par mon agence ont surgi sur l'écran. Choi a d'abord parlé du Hallyu, la vague culturelle coréenne. Puisque la K-pop, les feuilletons et le cinéma coréens déferlaient sur l'Asie et le monde, il fallait se doter d'un centre névralgique où s'inventeraient de nouveaux contenus. Chacun des membres présents faisait preuve de patience, laissant s'écouler un discours ressassé depuis des années. L'orateur poursuivait : ce centre ne pourrait pas suffire à lui seul à féconder les activités créatrices de manière pérenne, il fallait lui adjoindre des structures de soutien, par exemple un grand centre commercial, un hôtel, des restaurants, etc. Il fallait aussi un plateau où l'on pourrait assister au tournage de films et de feuilletons, des studios de musique, de peinture et de graphisme ouverts au public, il fallait des espaces de bien-être, comme des spas, et des outlets au rez-de-chaussée et au sous-sol. Il a montré une vue de la salle de concert sous son dôme, une autre d'une salle de cinéma. Il a ajouté que plus d'un million de voyageurs transitait chaque année par l'aéroport d'Incheon-Séoul, et qu'il avait prévu pour eux un programme de circuit court. Il parlait de façon très convaincante du succès qu'on pourrait attendre d'un complexe d'outlets en s'appuyant sur le nombre de boutiques de déstockage et la quantité des produits retournés qui transitaient dans la zone ouest de Séoul. Ces propositions ont été exposées dans leurs grandes lignes en suivant un plan détaillé.

La présentation a duré moins d'une heure. L'homme que je ne connaissais pas s'est levé le premier.

— Vous voulez bien m'en envoyer une version papier ?, a-t-il demandé à Choi Seung-kwon en partant.

Ce dernier m'a dit plus tard qu'il avait eu du mal à le faire venir : il était de la « Grande Maison », la présidence. Seung-kwon voulait me retenir à déjeuner mais j'ai décliné à cause d'un autre rendez-vous. Je devais aller, en effet, au vernissage de la rétrospective célébrant Kim Ki-yeong. En m'en retournant, j'avais l'impression de sortir d'un autre monde par un tunnel. En fin de compte, tout est rêve. N'est-ce pas vrai ? Un rêve non encore concrétisé finit par devenir réalité avant de s'envoler comme un rêve. Les immeubles en béton armé et les charpentes métalliques qui se dressaient ici et là dans la plaine avaient à mes yeux la réalité du monde virtuel d'un jeu vidéo.

Dans l'entrée du hall d'exposition se tenaient le professeur Yi Yeong-bin et les architectes Jang et Kang. Les visiteurs étaient pour la plupart des étudiants en architecture ou des personnalités du milieu de l'architecture ou de la culture. Certains étaient de vieilles connaissances de Kim Ki-yeong, d'autres des gens qui ne l'avaient jamais rencontré. Etait exposé un vaste échantillon de ses esquisses et de ses dessins ; une deuxième salle présentait des maquettes et des photos, et dans une troisième étaient projetés des documents vidéo.

Pendant la période coloniale, l'architecture coréenne est une copie de la fausse modernité japonaise, laquelle n'est rien d'autre qu'une copie de l'architecture européenne. Le Capitole et la gare de Séoul en sont des exemples. Sur les ruines de la guerre, on a reconstruit avec les pauvres moyens d'une époque où l'on manquait terriblement de matériaux et de finances. Il a fallu abattre ces constructions pour les refaire dix ans plus tard. En reconstruisant à la va-vite, les promoteurs immobiliers sont à l'origine de la création de ces favelas parcourues de venelles qui ont envahi les hauteurs de nos villes. Quand notre niveau de vie s'est amélioré, on a voulu réinterpréter la tradition en appliquant les couleurs d'autrefois sur des bâtiments en béton. Tel a été le travail accompli par la génération d'architectes qui a précédé la nôtre. La suivante a passé le plus clair de son temps à raser tout cela et à injecter des montagnes de béton dans la construction d'appartements pareils à des boîtes d'allumettes. Dans le même temps, nous avons acculé nos voisins qui habitaient de vieilles masures à étouffer leurs rêves ou à partir. L'architecture devrait se montrer attentive à reconstruire la vie des gens en respectant leur mémoire et non pas à la détruire. Il est clair aujourd'hui que ce rêve, nous avons échoué à le réaliser.

Les mots de Kim Ki-yeong étaient suivis de la présentation vidéo d'un projet qu'il avait conduit dans un village de montagne, une toute petite entité administrative. L'architecte tenait la main d'une vieille dame assise sur le modeste *maru* d'une maison rustique.

« Qu'est-ce que vous allez nous construire ? demandait-elle.

— Une mairie, madame.

— Ce n'est pas la peine, ce genre de choses ne sert à rien dans notre vie.

— De quoi avez-vous besoin, alors ?

— D'un bain public. Quand on rentre après le travail aux champs, qu'on a sué toute la journée, nous les femmes on ne peut pas se laver à l'aise ici ; et, surtout, nous les vieux, quand on a mal partout, ce serait bien qu'on puisse se plonger dans un bain chaud, mais il n'y a pas d'endroit comme cela ici.

— D'accord, promis, je vous construirai un bain public.

— Je peux vous croire ?

— Mais bien sûr, je vous le jure. »

Les deux mains enlacées occupaient toute la surface de l'écran : la main aux doigts longs et fins

le l'architecte qui avait tenu toute sa vie un crayon
et celle de la vieille femme, anguleuse et fripée.

Kim Ki-yeong se reposait dans un coin à l'intérieur du hall. Les gens venaient le retrouver les uns après les autres après avoir jeté un coup d'œil à l'exposition, certains restant debout, d'autres s'asseyant. J'ai pris place à côté de lui :

— Je ne savais pas que vous aviez réalisé tant de choses.

Je parlais sincèrement. Bien sûr, dans l'immensité des changements qui avaient affecté la ville au cours des décennies, ses réalisations propres représentaient peu de choses. De plus, elles étaient toutes marquées du sceau de la candeur et de l'innocence, ce qui expliquait le ton railleur que mes collègues et moi adoptions généralement dans son dos. Mais qu'il ait réalisé autant de bâtiments publics, bien que de petite envergure, dans ces petites villes et zones reculées, était tout à fait remarquable. Ils avaient des airs de jouets sur les photos. Yi Yeong-bin m'a demandé :

— Tu n'es jamais allé voir sur place ?

Sans me laisser le temps de répondre, Kim a interjeté de sa petite voix haut perchée :

— M. Park est toujours très occupé, il n'a jamais le temps d'aller voir ce genre de choses.

— Si, ai-je riposté, j'ai été par hasard à Jeju, là où vous avez expérimenté la construction de maisons en terre.

— Ah ! un projet avorté... Comme tous ceux qui ne rapportent pas.

Nous n'avions plus rien à nous dire. Nous nous contentions de fixer les gens qui entraient et ressortaient de la salle. Conscients qu'il vivait ses derniers jours, nous étions tous très attentifs à ne pas commettre d'impair. Lorsqu'il est parti pour regagner son lit d'hôpital, l'assemblée s'est aussitôt dispersée comme si chacun avait attendu ce moment.

Yi Yeong-bin m'a proposé d'aller boire un verre, mais j'ai décliné disant que j'avais encore des choses à faire. Rentré à la maison, je me suis servi un whisky, et soudain, sans raison, j'ai pensé à Cha Soona. Je devais me sentir esseulé. Il m'arrivait d'être en proie à ce sentiment de solitude lorsque je me réveillais après une nuit de beuverie ou lorsque je mangeai seul à table en faisant tourner la machine à laver, quand j'étendais mon linge sur le séchoir, ou encore quand je souffrai d'une grippe plusieurs jours d'affilée... J'ai téléphoné, mais une voix m'a annoncé : ce numéro n'est plus attribué, veuillez vérifier les coordonnées de votre correspondant.

Kim Ki-yeong a encore gardé le lit quelque temps après sa rétrospective, puis il a quitté ce monde dans le courant du mois d'août, par un temps accablant de chaleur. Il repose aujourd'hui réduit en une poignée de cendres, dans une niche d'un columbarium. Ceux qui se sont rassemblé pour ses funérailles en ont profité pour s'enivrer une nouvelle fois, se conduire mal et échanger des nouvelles avant de s'éclipser.

Le jour où j'étais allé à Ganghwa en compagnie de Kim Ki-yeong, j'avais appelé Cha Soona – à qui je ne pensais pourtant plus guère. Puis, le soir de la rétrospective, j'avais repensé à elle, comme cela, sans raison. D'après le message enregistré reçu en retour de mon appel, je n'avais plus le moyen de la joindre. Tout contact avec elle ne relevait plus désormais que du rêve, mieux valait l'oublier tout à fait. Déjà les feuilles de ginkgo de mon quartier se paraient d'or. Mon portable m'a annoncé un message, mais je ne pouvais pas le lire à cause de ma mauvaise vue. Je l'ai consulté sur mon ordinateur : provenant d'une adresse inconnue, il était destiné à M. Park Minwoo. Il m'était donc personnellement adressé.

Entre-temps, il y a eu des changements. A cause de la situation dans laquelle je suis plongée, je ne serai plus joignable au téléphone.

Après avoir reçu votre appel, je me suis trouvée dans une grande confusion. Les souvenirs d'autrefois, qui s'étaient effacés, sont revenus comme s'ils dataient d'hier. Effacés ? Non, je n'ai jamais oublié ces moments de ma vie. Vivant seule avec mon fils (j'ai perdu mon mari), j'ai tout noté de ce qui faisait mes jours et mes nuits. Une sorte de journal, de mémoire... Ces phrases que j'écrivais

en profitant de mes moments de liberté me conso-
laient, me gourmandaient, me réconfortaien
aussi : tu as supporté tout cela, tu as bien fait, etc.

C'est lorsque je me suis trouvée plongée dans
le plus grand désarroi que votre souvenir a soudain
resurgi dans ma vie. C'est très curieux. Le hasard
m'a appris que vous donniez une conférence non
loin de là, je ne sais pas pourquoi je ne me suis
pas manifestée, je l'ai regretté et, en même temps,
je m'en suis félicitée. Car sur la photo vous parais-
siez âgé. J'ai bien fait. Puisque vous ne m'avez
pas vue récemment, c'est la Cha Soona de vingt
ans, belle et agréable, qui restera dans votre
mémoire.

Je ne saurais pas vous expliquer pourquoi
soudain je m'adresse à vous. J'aimerais juste vous
raconter comment j'ai vécu jusque-là, un peu
comme je le ferais à une vieille amie. Ces dizaines
d'années passées, quand j'y pense, ont été vaines,
et je ne sais à qui m'en plaindre, mais je compte
sur votre compréhension, j'ai envie d'en parler à
quelqu'un qui me connaît depuis longtemps et de
m'épancher auprès de lui. Soyez rassuré, ce n'est
pas dans l'intention de vous ennuyer ni de vous
faire sentir le poids du passé. Le souvenir de cette
époque où nous allions ensemble à la bibliothèque
et où nous échangions nos impressions sur les
chefs-d'œuvre de la littérature me revient à l'esprit
comme des moments exquis. Souhaiter être
quelqu'un qui compte dans vos souvenirs de la

même manière que ces précieux moments comptent
dans les miens, est-ce trop demander ? Si vous
n'avez pas envie de lire le fichier joint, n'hésitez
pas à l'effacer.

J'ai ouvert le fichier. J'essayais d'imaginer
Soona en train de rédiger son histoire sur son
clavier, caractère après caractère. De stupéfaction,
j'ai éclaté de rire : ne venait-elle pas de dire que
je l'imaginerais éternellement en jeune fille de
vingt ans ? Et, de fait, il m'était impossible de me
la représenter sexagénaire. Si elle n'était pas venue
à la conférence, c'est parce qu'elle s'était épaissie,
qu'elle avait pris du poids comme toutes les
femmes de son âge. Lorsqu'on revoit son premier
amour longtemps après, on le regrette. Même si
on s'attend bien à se voir plus vieux, plus laid.
Mais quand je pense à ce que je lui ai fait subir, je
ne suis pas en position de me dire déçu. Tout
comme Dalgol, le village de notre enfance rasé
depuis longtemps de la surface de cette terre, ce
qui est passé est passé à jamais.

Entre mon père et ma mère, il y a une différence
d'âge de quinze ans. Quand mon père était réfugié
à Busan pendant la guerre, en 1950, il avait trente-
cinq ans, ma mère venait d'en avoir vingt.
« Réfugié », c'est ce qu'il nous disait, mais en
réalité, arrivé dans les rangs de l'armée du Nord,
il avait été fait prisonnier au Sud et détenu dans
le camp de l'île de Geoje. Il avait fini par être

libéré, considéré comme anticommuniste, soit pour bonne conduite soit en usurpant une identité. Un beau jour, il avait surgi devant le magasin de nouilles tenu par mes grands-parents maternels à Yongdo et demandé s'il y avait du boulot pour lui. Il portait un uniforme militaire dans un état pitoyable. La fabrique de nouilles avait appartenu à des colons japonais, mais, au moment de repartir au Japon à la Libération, le patron en avait concédé tous les droits à mon grand-père.

Ma mère était la fille d'un marchand de nouilles, comme cela fut aussi mon cas plus tard. Elle avait un frère de trois ans son aîné, qui, mobilisé à la guerre, n'est jamais revenu. Je n'ai vu cet oncle qu'en photo. Avec la disparition de son fils, mon grand-père avait perdu un employé. Voir apparaître un homme à la recherche d'un emploi était une aubaine. Il avait gardé la petite enseigne en caractères chinois de l'ancien propriétaire : Fabrique de nouilles Moriyama. Une enseigne que je retrouve en arrière-plan sur de vieilles photos. Beaucoup de réfugiés s'installaient dans les bidonvilles des environs, si bien que la fabrique de mon grand-père, bien qu'elle tournât toute la nuit, n'arrivait pas à faire face à la demande. Celle qui allait devenir ma mère, une fois ses études au collège terminées, a dû se mettre elle aussi au travail dans la fabrique. Mon grand-père avait en outre engagé deux jeunes gens. Comment un homme de trente-cinq ans a-t-il pu épouser une jeunette de vingt ans ?... Peut-être fut-il récompensé, comme on dit aujourd'hui, pour avoir sauvé tout un pays dans une vie antérieure ? Quoi qu'il en soit, c'était un homme qui se donnait tout entier à son travail sans jamais regarder ailleurs, quelqu'un qu'on pourrait même qualifier d'acharné. Il a gagné la confiance totale de mon grand-père, lequel lui a abandonné la gestion de la fabrique pour aller courir le guilledou. C'est ainsi que cet employé a pu tout naturellement s'approcher de ma mère. Ma grand-mère voyait d'ailleurs, semble-t-il, ce rapprochement d'un bon œil. Car, si au début mon grand-père avait, grâce à la réussite de la fabrique, agrandi la fortune familiale en acquérant les maisons voisines, il s'était ensuite mis à boire, il fréquentait les bars à filles puis avait pris une concubine. Il avait même eu un fils avec elle, et il n'était plus revenu dans sa famille. Il a revendu la fabrique et les maisons ; ma grand-mère et ma mère se sont retrouvées sans rien. Mon père, alors, les a emmenées à Séoul sans but précis. A ce moment-là, j'étais en troisième année de l'école primaire. Tout ce que mon père avait appris au Sud, c'était fabriquer des nouilles. Avec la modeste somme d'argent que ma grand-mère avait gardé cachée et en empruntant, mon père a acheté un ensemble de vieilles machines à fabriquer les nouilles. Il n'avait pas les moyens d'ouvrir une fabrique dans les beaux quartiers, il s'est contenté de Dalgol, un quartier populaire sur une colline.

J'étais la seule à étudier au lycée. J'aimais lire, j'avais de bonnes notes à l'école. Il y avait un autre lycéen dans le coin, mais je n'ai pas de souvenir précis du moment où lui avait emménagé à Dalgol.

Quand je rentrais de l'école, je m'enfermais dans le grenier de la fabrique avec un livre. Là, je quittais la réalité, je me réfugiais dans un monde à moi. Ma grand-mère est décédée quelques années après notre emménagement à Séoul. Notre train de vie n'évoluait pas, ni en mieux ni en moins bien, mon père gagnait juste ce qu'il fallait pour faire vivre une famille de trois.

Je savais – je le dis en rougissant – que les garçons du quartier m'aimaient. Quatre ou cinq garçons restaient plantés sous ma fenêtre sous le prétexte de venir chercher de l'eau au robinet public. C'était souvent les frères de Jaemyeong et ses cireurs. Je me souviens aussi d'un autre, Bout-de-Tronc, qui m'a fait la cour de façon vraiment éhontée. Mais Park Minwoo n'était pas de leur nombre. Lui, il était différent. Les autres avaient tellement l'air de voyous, j'avais honte de vivre dans le même quartier qu'eux.

Le quartier était vraiment pauvre, il y avait très peu de maisons avec des vitres aux fenêtres. La plupart des ouvertures se fermaient avec une planche de contreplaqué. Je me souviens encore de la joie que j'ai ressentie le jour où mon père a fait poser des vitres à la fenêtre de ma chambre. C'était un jour de printemps, j'allais encore au

112

collège. Avant, même en plein jour, il faisait sombre à l'intérieur ; pour voir dehors il fallait enlever la planche. Après, la nuit, même couchée, je pouvais regarder les étoiles dans le ciel ; dans la journée, les rayons du soleil, doux et lumineux, entraient dans ma chambre comme une bénédiction. Quand il pleuvait ou neigeait, je restais collée aux vitres à regarder dehors.

Un jour, alors que j'avais le nez à la fenêtre, j'ai vu Minwoo, le fils du marchand de pâte de poisson, s'approcher de chez nous avec un paquet à la main. Il s'est arrêté plusieurs fois, semblant hésiter à venir plus près. Je me suis écartée de la fenêtre de peur d'être vue. Je sentais mon cœur battre, j'étais écarlate. Peu après, je l'ai entendu appeler : Y a quelqu'un ? Il apportait un paquet de pâte de poisson invendue. Je n'en avais jamais mangé d'aussi délicieuse.

A partir de ce jour, il venait de temps à autre nous acheter des nouilles ou nous apporter de la pâte de poisson. Nous nous croisions quelquefois aux arrêts de bus, ou dans le bus. Je me souviens du jour où nous nous sommes vus pour la première fois en dehors du quartier. Il pleuvait. Il n'avait pas de parapluie, nous avons partagé le mien, nous avons marché ensemble la distance de trois arrêts de bus. Il a posé sa main sur la mienne qui tenait le parapluie, je me suis dégagée aussitôt, c'est lui qui l'a tenu seul. Il l'inclinait de mon côté pour que je ne sois pas mouillée, lui s'abritait juste la tête, il était tout trempé.

A la bibliothèque de la zone nord de Séoul, j'ai emprunté Knulp *de Hermann Hesse, lui a pris* Les Frères Karamazov. *J'ai attendu avec impatience le jour où nous devions nous retrouver pour aller rendre nos livres ensemble. Sur le chemin du retour, nous nous sommes arrêtés dans un petit restaurant pour étudiants, nous avons mangé du pain aux haricots rouges et de la bouillie de haricots rouges tout en parlant de nos lectures. Il a évoqué son avenir, qu'il voyait incertain et sombre. Il semblait inquiet, se sentant coupable de sortir avec une lycéenne alors qu'il préparait le concours d'entrée à l'université. Pour ma part, j'étais plus à l'aise puisque j'avais de bonnes notes et que je ne devais passer le concours que l'année suivante. Il ne cessait de dire qu'il voulait quitter Dalgol. Et pour cela, le seul moyen était de faire des études.*

En hiver, le problème, c'était de se faire livrer des briquettes de charbon. Les fournisseurs refusaient de monter jusque chez nous. Quand il avait neigé et que la rue était glissante, il fallait que toute la famille aille, munie de cordes, les transporter par lots. Mon père est décédé à cause d'émanations d'oxyde de carbone dégagées par les briquettes. Chaque hiver, il y avait toujours une ou deux victimes dans le quartier. Tout le monde se chauffait avec des briquettes, le gaz toxique s'échappait des conduits de cheminée mal joints. Une fois, j'ai été, moi aussi, légèrement intoxiquée à l'école primaire ; ma mère m'a fait boire de la soupe de kimchi. J'avais fait semblant d'être à l'article de la mort pour qu'on me donne de cette décoction pétillante qu'on prend quand on a des problèmes de digestion. J'adorais les boissons gazeuses, coke, soda, orangeade... Comme cette potion aux vertus digestives avait un peu le goût des sodas, je disais que j'avais mal au ventre pour qu'on m'en donne, et la supercherie marchait. Une fois, réveillée à l'aube, voyant une bouteille de Bacchus, une boisson gazeuse revigorante, je l'ai attrapée et vidée d'un trait. J'avais bien senti quelque chose de bizarrement lisse me glisser dans la gorge en me donnant la nausée, mais j'avais quand même réussi à me rendormir. Le lendemain, tandis que ma grand-mère grommelait en se demandant où son huile de camélia pour les cheveux avait bien pu passer, moi, me réveillant, je vomissais dans le vase de nuit.

Depuis je ne sais quand, l'âge venant, chaque fois que je repense à ce quartier, je me sens gagnée par une sensation de douceur et de paix. Les maisons grouillaient d'enfants, leurs cris et leurs rires retentissaient jour et nuit dans les venelles. Et puis j'entendais aussi, par-dessus les murettes, les vociférations des adultes : « Tu finiras par me tuer, j'en ai ma claque... » Ils se disputaient, hurlaient, pleuraient, se donnaient des coups et, le lendemain, les femmes, les paupières gonflées de pleurs, faisaient quelques pas avec leur mari qui se rendait au travail et leur remettaient leur boîte-repas pour le déjeuner. Ces scènes de la vie ordinaire, ce tableau des femmes des environs faisant ensemble la lessive devant le robinet ou venant simplement chercher de l'eau, me manquent parfois cruellement. Les jours de pluie, les gens restaient chez eux, la sieste était douce, bercée par le pianotage des gouttes sur le revêtement du toit, sur les auvents, sur le sol.

Je me souviens du jour où il a pris ma main pour la première fois. Nous avions décidé de nous éloigner de notre quartier. Nous étions allés au cinéma à Gwanghwamun voir Love Story. J'ai encore dans les yeux la scène où Oliver et Jennifer batifolent en se jetant de la neige. Quand Jennifer meurt de leucémie, j'ai pleuré comme une Madeleine. Il me semble que c'est à ce moment qu'il m'a pris la main. Je l'ai laissé faire, j'ai essuyé mes larmes de l'autre main.

Comment pourrais-je oublier son anxiété quand, après avoir déposé son dossier de candidature dans une université prestigieuse, il attendait les résultats, et la joie de tous au village, y compris des commerçants du marché central, quand il a été admis. L'hiver de cette année-là semblait n'exister que pour Park Minwoo. Comme j'étais en vacances, je sortais avec lui presque tous les jours.

Je suis passée en terminale. Une fois admis dans la meilleure université de Corée, Park Minwoo s'est montré de moins en moins souvent dans le quartier. Au bout d'un moment, je n'ai plus eu de nouvelles de lui. Quand j'allais acheter de la pâte de poisson, je me faisais violence pour demander quand on reverrait Minwoo dans le quartier. Il passait une fois tous les deux ou trois mois, prenait un rapide déjeuner dans le magasin de ses parents et repartait aussitôt. Il avait trouvé une place de précepteur dans une famille aisée pour financer ses études. Cela m'a incitée à bien travailler pour être digne de lui. Je serrais les mâchoires : « Encore un an, me disais-je, et moi aussi je quitterai ce quartier. »

Son récit s'achevait sur ces mots. Qu'est-ce que Cha Soona voulait donc me dire ? Pourquoi était-elle aussi prolixe, pourquoi étaler tant de détails ? Quelle était la finalité de cette histoire ? Les questions s'enchaînaient dans ma tête ; les souvenirs, restés flous dans ma mémoire, émergeaient de plus en plus clairement. Comme elle l'avait écrit, après mon admission à l'université, je n'étais plus retourné dans ce quartier que comme un voyageur de passage, et, après mon service militaire, je m'en étais, naturellement, éloigné tout à fait. De retour à l'université après mon service militaire, il m'a fallu me démener pour trouver un emploi. Engagé par l'agence Hyunsan, j'étais complètement pris par le travail. J'ai dû repasser à Dalgol une ou deux fois chaque année tout au plus. Quand je suis parti étudier à l'étranger, ma famille a réussi à acheter une maison, mettant fin à sa vie de locataire. Mon père est décédé peu après leur emménagement. Et au cours des dix années qui ont suivi, les quartiers perchés sur ces collines ont fait l'objet de plans de réaménagement urbain, avec, pour conséquence, la dispersion des habitants.

Avoir été admis dans cette grande université m'a ouvert la voie à un destin tout différent. Il y a bien des choses que j'ignorais quand je vivais dans ce quartier de Dalgol. Mes voisins, là-bas, étaient presque tous originaires du Jeolla, à l'ouest de la péninsule, tandis que ceux qui venaient du Gyeongsang, à l'est, comme c'était le cas de la famille de Cha Soona et de la mienne, étaient rares, juste quelques petits pois égarés au milieu de pousses de soja. Quand on se trouvait tout en bas de l'échelle sociale, l'origine géographique ne faisait pas de différence, mais une fois qu'on était sorti du moule, le fait d'être originaire de l'est avait de solides implications. C'est du Geyongsang, en effet, que sont venus les généraux et les hommes politiques qui, de génération en génération, ont tenu les rênes de l'Etat, et c'est de cette région aussi qu'est venu le plus grand nombre d'entrepreneurs. On disait que le simple fait d'entendre l'accent de cette région, que ce soit dans l'administration ou dans les entreprises, était rassurant.

Si je n'étais pas venu à Séoul avec ma famille, si j'avais fait mes études secondaires à Yeongsan et à Daegu, je pense que cela aurait favorisé ma carrière. Mon carnet d'adresses aurait été encore mieux garni et les difficultés, moindres. J'aurais eu partout des relations : dans tous les secteurs d'activité, j'aurais trouvé des connaissances, des amis d'amis, me facilitant les choses.

L'année de mon entrée à l'université, la réforme constitutionnelle *yusin*[1] a accordé un mandat présidentiel à vie au chef de l'Etat. La situation politique et sociale devenait très inquiétante, des manifestations avaient lieu tous les jours, et le gouvernement avait décrété la fermeture des universités à plusieurs reprises. A la fac, de plus en plus d'étudiants n'apparaissaient plus en classe : ils avaient été arrêtés. Moi, j'étais déterminé à ne pas retourner à Dalgol. Comme une mule aux yeux bandés, je ne voyais rien d'autre que mes études, je faisais la navette entre la bibliothèque et les salles de classe. Je donnais aussi des cours privés, plusieurs heures par jour, puis je rentrais dans ma chambre pour sombrer dans un sommeil de plomb.

Je partageais ma chambre avec un autre étudiant venu de province. Partager son logement, surtout la cuisine, ce n'est jamais très commode. Ce garçon adhérait au mouvement étudiant, mais sans

---

1. 1972.

sincérité, du moins à mes yeux. Car s'il avait voulu faire preuve d'un véritable engagement, il aurait dû aller travailler dans les usines ou à la campagne, vivre près du peuple, au lieu de se contenter de se procurer discrètement des livres ou des revues séditieux qu'il rapportait pour les étudier avec ses copains dans notre chambre. C'est d'ailleurs à cause de lui que j'ai renoncé à ce logement et que je me suis fait engager comme précepteur dans une famille aisée. Un choix qui m'a beaucoup apporté, une vraie bénédiction qui m'a ouvert des portes normalement fermées devant un fils de greffier d'une petite mairie de province.

Jeune, je ne portais pas sur le monde un regard aussi critique qu'aujourd'hui. Je comprenais ceux qui se dressaient contre l'injustice, mais je devais, moi, la supporter, faire preuve d'une grande capacité de tolérance, c'était ma façon de m'en tirer. Avec le temps, c'est devenu une sorte de résignation, je ne montrais jamais le fond de ma pensée, je portais sur les gens un regard froid, y compris sur moi-même. Je me disais que mon attitude était celle de la maturité. La plupart des gens, en ces années 1980, où pourtant ils commençaient à échapper à la grande pauvreté, vivaient dans la résignation et l'abattement. Les petits bobos finissent par se calcifier. Quand on a un durillon sur un orteil, il faut le faire enlever tout de suite, sinon il finit par faire partie de soi. Et, parfois, il se fait sentir de nouveau à travers la chaussette…

6

Une fois ôtés les deux cadenas qui tiennent ma porte close, l'odeur familière vient me chatouiller les narines. Une odeur composite, dominée par celle de moisissure. L'immeuble ayant été construit sur un terrain en pente, l'entrée est de plain-pied, mais mon studio, dans la partie de la bâtisse qui regarde vers le haut de la colline, est à moitié en sous-sol. Des barreaux de fer protègent une petite fenêtre rectangulaire au niveau de la rue. Quand je l'ouvre, j'ai vue sur les jambes des passants. Les murs ont été mal imperméabilisés. De l'humidité suinte constamment sur celui du fond – l'été à cause de la moiteur de l'air et l'hiver à cause de la différence de température entre l'intérieur et l'extérieur. Des moisissures se sont définitivement incrustées. Cela a empiré l'été dernier lorsque, pendant la mousson, la pièce a été inondée. Kim Minwoo dit que, quand on habite dans un endroit pareil, on risque d'attraper des maladies même si on est de santé robuste. Il a refait la tapisserie après avoir couvert les murs d'un enduit imperméabilisant et posé par-dessus une couche de polystyrène. N'empêche que cet hiver, les moisissures se sont étendues de façon rampante. Et cet été, bien qu'il ait plu moins que d'habitude, elles ont encore laissé des traces. Je me suis acharnée à les nettoyer à l'eau de Javel en frottant avec une serpillière. Lorsque, étendue sur mon matelas, je laisse errer mon regard sur les larges traces qui disgracient les murs, j'ai l'impression d'étouffer, j'ai du mal à respirer, envie de hurler, je suis à deux doigts de la crise de nerfs. Ce qui m'aide à tenir, c'est de me dire que pendant les quelques mois de la saison sèche, ce sera supportable. Dans la pièce, j'ai réussi à caser mes modestes possessions – ça fait quand même pas mal de choses : mon matelas, une gazinière, un micro-ondes, un réfrigérateur de taille moyenne, une machine à laver installée dans le réduit sombre à côté du coin cuisine, un petit bureau en contreplaqué et sa chaise, une armoire et deux néons, un dans la pièce et un autre dans le coin cuisine. Si la propriétaire ne se plaint pas malgré un ou deux mois de loyer en retard, c'est qu'il ne lui serait pas facile de trouver une locataire comme moi. Moi non plus je ne suis pas en mesure de formuler des exigences.

Allongée sur mon vieux matelas, les yeux au plafond, j'attends le sommeil, qui ne vient pas. Je finis par me relever pour m'installer devant mon ordinateur. Ces derniers mois, je souffre d'insomnie, je mange mal, je perds mes cheveux par plaques. Il en traîne partout par terre, ça me dégoûte. Il n'y a pas si longtemps – cela remonte à quand ? –, à peine rentrée de la supérette, je me jetais sur mon matelas et dormais aussitôt comme une marmotte.

En ce moment, en dehors de mes heures à la supérette, je reste enfermée dans ma pièce à méditer moitié réveillée, moitié endormie, ou à gribouiller des choses. Les représentations ont pris fin il y a déjà quelque temps. Je tente de rédiger un scénario de film pour le présenter à un appel d'offres, mais habituée à travailler pour le théâtre, j'ai du mal à construire quelque chose de cinématographique.

Internet m'apporte plein d'informations. Je vois très bien comment va le monde sans avoir à sortir. Quand l'écriture n'avance pas, je visionne des films téléchargés illicitement, je joue aussi en ligne. L'écriture, les jeux en ligne, les scénarios, tout est virtuel. Le jeu auquel je viens de m'initier est, comment dirais-je ? très créatif. Les jeux de cartes en ligne ne sont pas aussi amusants que celui-ci où on joue contre un adversaire ; pour gagner, il faut s'impliquer à fond.

J'ouvre le fichier « Herbe à chien » que j'ai créé récemment. Je relis ce que j'ai écrit jusque-là. La nuit dernière, j'avais un mal de tête terrible. Le pointeur clignote à l'endroit où j'ai abandonné, laissant en plan une phrase mal fichue. Je passe à la ligne, je suis tentée de commencer par : « Quand

123

j'y repense aujourd'hui, ce fut le plus grand drame de ma vie. » Je réfléchis. Est-ce que cela paraî vraisemblable ? Pourrais-je faire ce genre d'aveu, moi, par exemple ? La phrase, sans que je sache pourquoi, ne va pas. Je n'avance pas.

Je consulte ma messagerie. Je supprime les pourriels arrivés récemment. Je vérifie si le message que j'ai envoyé il y a quelques jours a été lu. C'est marqué : lu. Mais pas de réponse. Qu'est-ce que j'attends au juste ?

Je lis des articles sur les portails. Des crimes, des tueries, ça n'arrête pas. Ce monde est devenu affreusement cruel. Et la plupart du temps, pour de l'argent. Je reviens aux articles sur le secteur construction. Comme d'habitude, je tape le nom de Park Minwoo dans la fenêtre de recherche. Un tas d'informations afflue. Est-ce qu'elles permettent réellement de cerner la vraie personnalité de l'homme ? Il y a quelque temps, j'ai acheté son livre *L'Architecture du vide et du plein*. Moi qui gagne soixante mille wons par jour, je me suis délestée de quinze mille wons pour ce bouquin, une dépense ruineuse. Il est rare que j'achète des livres, je ne le fais que lorsque c'est vraiment nécessaire. J'ai pris l'habitude de les emprunter à la bibliothèque. Mais j'ai bien fait, car son livre ne se limite pas à l'architecture, il aborde plein d'autres choses. Quand je suis allée écouter sa conférence, j'ai bien senti que ses mots étaient en phase avec ce qu'il écrit ; à le lire, on comprend nieux sa pensée, quel genre d'architecte il est, quelle est sa philosophie.

J'ai tenté de faire un rapprochement entre eux, l'architecte et Kim Minwoo, puisqu'ils ont le même prénom. Quand je lui ai posé la question sur cette coïncidence, la mère de Kim Minwoo s'est moquée de moi :

— C'est tout ce que tu trouves à imaginer ? Fais-en un feuilleton, pas une pièce de théâtre, juste un feuilleton.

Je reviens à mon écran d'ordinateur. Je ferme les fenêtres Internet, j'ouvre le fichier « Tee-Shirt-Noir » sur la page d'accueil.

Quand mon studio a été inondé pendant les fortes précipitations de l'été dernier, je n'avais plus le courage de remettre les pieds chez moi. Je l'ai appelé et il est accouru aussitôt dans sa vieille Hyundai Galloper. Tout de suite, sans rien nous dire, nous avons évacué l'eau de la chambre et du coin cuisine. Tout était trempé, le matelas, les couvertures : impossible de rester là. Je suis allée dormir sur un lit de camp que j'ai installé sur la scène de notre petit théâtre, lui aussi en sous-sol. Minwoo m'a proposé d'aller me loger quelques jours dans sa famille. J'étais gênée, d'autant que nous n'étions pas du tout décidés à nous marier, mais j'ai accepté car je n'avais pas d'autre solution.

Sa mère habitait à Bucheon dans un appartement d'environ quarante mètres carrés, un logement social composé d'une chambre, d'une séjour et d'une cuisine. Quand nous somme arrivés, il n'y avait personne. Minwoo a préparé un bol de nouilles instantanées et du kimchi su une petite table basse. A ce douzième étage, une petite brise circulait agréablement dans la pièce Je faisais la comparaison avec mon studio enfou au sous-sol. Cet endroit-ci, au moins, était digne d'êtres humains. Dans le corridor qui donnai accès au séjour depuis la porte d'entrée, il y avai une longue étagère remplie de livres. Cela détonai un peu dans ce genre d'appartement. J'avais lu certains de ces livres, il y en avait d'autres que j'aurais aimé lire.

— Tu lis beaucoup, c'est à toi tout ça ?

— Ma mère aime les livres… j'en ai profité un peu.

Il s'est mis à passer l'aspirateur, je l'ai aidé en nettoyant la cuisine et les toilettes. Sa mère n'est rentrée que vers les onze heures du soir. J'ai su plus tard qu'elle travaillait dans un grand supermarché du centre-ville. Elle n'avait guère plus de soixante ans. Elle était jolie, conservant une vague allure de jeune fille. Bien sûr, elle s'était un peu arrondie avec l'âge. Elle a semblé heureuse de ma visite, elle est vite allée chercher de la bière et des amuse-gueules à la supérette du quartier, puis elle a préparé des fruits. Nous nous sommes assis autour d'un vieux plateau en aluminium.

126

— Est-ce qu'elle peut rester quelques jours ici avec toi, le temps que sa chambre sèche ? a demandé Minwoo à sa mère – ce qu'elle a accordé sans rechigner.

— On se voit tellement peu, toi et moi. S'il y a quelqu'un ici avec moi, je serai contente.

Elle ne m'a pas posé de question sur ma famille, ni sur le genre de relation que j'entretenais avec son fils. Elle m'a juste demandé mon âge.

— J'ai vingt-neuf ans, lui ai-je répondu.

— C'est un très bel âge, un âge où l'on devient plus mature, où l'on commence à comprendre les difficultés de la vie, mais on est encore jeune et dynamique.

— Tu te trompes, maman, elle ne connaît rien de la vie. Il n'y a qu'à voir, elle a renoncé à une belle carrière pour faire du théâtre !

— Eh bien, bravo ! Tu arrives à t'en sortir juste avec le théâtre ? m'a-t-elle demandé en me regardant droit dans les yeux.

Jetant un coup d'œil à sa montre, son fils s'est levé.

— Je dois y aller.

— Mais tu peux dormir ici, ça fait longtemps que tu n'étais pas venu. En plus, on a une visite…

— Je dois aller travailler très tôt demain matin. Uhee, tu vas squatter ici quelques jours. Maman, c'est d'accord ?

— Bien sûr, aucun problème.

Minwoo est parti dormir dans sa chambre en ville. Sa mère et moi avons discuté jusqu'à plus de minuit en terminant notre bière.

— Uhee, tu ne te maries pas ?

La question, par sa soudaineté, aurait pu m'embarrasser, mais il n'en a rien été. Je l'entendais souvent dans la bouche des personnes âgées que je rencontrais. En guise de réponse, j'ai juste esquissé un sourire.

— Beaucoup renoncent au mariage aujourd'hui, ai-je ensuite ajouté.

— Il ne faut se lancer que si on s'aime. Riches ou pauvres, les gens font semblant de vivre comme si tout allait bien, mais quand on regarde dedans, c'est pas bien gai. Les gens comme nous, c'est toujours pareil. Nos conditions ne s'améliorent pas, rien ne change.

— Vous donnez l'impression de n'avoir jamais souffert. Vous êtes encore jeune et jolie, on dirait que vous êtes la femme d'un homme riche.

— Merci pour ces mots, a répondu la mère de Minwoo avec un beau sourire. Quand j'avais ton âge, on me disait que j'étais jolie.

J'ai passé quatre jours chez elle. Dans cet intervalle, Minwoo a réparé le système d'évacuation de mon appartement et retapissé les murs avec l'aide d'un ami à lui.

Sa mère n'était pas quelqu'un de très bavard, mais elle était gaie et agréable. Quand je lui ai dit que j'écrivais des pièces de théâtre, elle a semblé éprouver une plus grande sympathie pour moi. Elle m'a parlé de beaucoup de choses. Des essais qu'elle avait écrits autrefois pour les magazines du lycée. Du père de Minwoo, qui aimait les livres, lui aussi – il est décédé jeune, à la suite d'un accident qui l'avait obligé à garder le lit longtemps. De Minwoo, leur enfant unique, qu'elle a eu tardivement. D'une fille qu'elle a eue avant de rencontrer le père de Minwoo, et qu'elle a perdue, emportée par la rougeole. Des vergers de pêchers qu'il y avait là, auparavant, et qui, au moment de la floraison, attiraient des myriades d'abeilles. Quand, au bout de quelques jours, je l'ai quittée, elle m'a dit :

— J'aimerais bien que tu restes vivre avec moi.

— Merci beaucoup, je reviendrai vous voir souvent.

Un jour, Minwoo m'a demandé à brûle-pourpoint :

— Uhee, pourquoi fais-tu du théâtre ?

J'ai gardé le silence un moment, ne sachant que répondre. J'étais surprise, ce n'était pas dans ses habitudes de poser des questions aussi directes :

— C'est… c'est parce que j'aime…

— Tu aimerais continuer à faire du théâtre, mais comme ça ne te permet pas de vivre, tu fais des petits boulots à côté. Et moi, à ton avis, pourquoi je vis comme ça ?

— C'est la même chose pour tous les deux, on veut vivre en faisant ce qui nous plaît, mais ça ne nous donne pas à manger, on est dans la même situation.

— Non, c'est pas pareil, a répliqué Minwoo. Il parlait lentement, en cherchant ses mots, comme à son habitude. Moi je n'ai rien qui me tienne à cœur. Je passe d'un boulot à l'autre juste pour me prouver que j'existe sur cette terre. Aujourd'hui, les gens vivent en faisant des plans sur l'avenir, alors que moi, au cours de ces dix dernières années, j'ai erré sans jamais trouver d'attache. J'ai toujours tremblé à l'approche du moment où les contrats sont renouvelés en fin d'année, j'ai vu disparaître petit à petit les copains avec qui je bossais, et puis est venu le jour où moi aussi j'ai été remercié.

Il m'a parlé des abeilles mâles qui se font chasser de la ruche. Par les matinées frisquettes de l'automne, les mâles restent accrochés aux murs ou aux arbres, immobiles, comme morts, puis, quand le soleil les réchauffe, ils se remettent à voleter, affaiblis, parmi les fleurs de chrysanthème. Ils se sont fait expulser de la ruche par les ouvrières, peu désireuses de nourrir des pensionnaires inutiles. Ils tournent un ou deux jours autour de la ruche, puis tombent sur la terre couverte de givre, et meurent. Minwoo m'a parlé aussi de la conquête de l'Ouest. Des pionniers qui s'élançaient à cheval vers l'horizon pour planter leurs drapeaux le plus loin possible et s'accaparer les terres. On pourrait faire la même chose ici, rassembler toute la population au sud de la péninsule ou même sur l'île de Jeju, et laisser chacun courir pour aller planter son drapeau dans une maison. Lui, il courrait comme un dératé jusqu'à l'appartement de sa mère ; tous deux seraient très heureux dans ce modeste logement social.

Avant son licenciement, il travaillait comme assistant au sein du service d'encadrement des ouvriers chargés de la démolition. Tout le monde sait parfaitement comment on procède pour raser un site visé par les promoteurs immobiliers, le grand boss bien sûr, mais aussi les ouvriers en CDI, les autres en CDD, même les journaliers mis à disposition par les agences d'intérim. Le promoteur immobilier, qui entretient des relations tentaculaires avec les directions de l'immobilier et de l'urbanisme de la ville, avec les conseillers municipaux, etc., soudoie les représentants du syndic du projet de réaménagement dans le but de réaliser le projet d'une seule traite. Ceux qui habitent les quartiers défavorisés des collines, lorsqu'ils n'ont pas les moyens de se reloger dans les nouveaux appartements qui pousseront là, doivent impérativement partir. Ceux qui ont perdu leur maison sont souvent contraints de déménager plusieurs fois. Parfois jusqu'à dix fois avant de trouver à s'installer définitivement. Certains, au bout d'un temps, ne savent plus où aller.

Avant de partir, ils fabriquent des panneaux avec les moyens du bord pour protester, ils mobilisent femmes, enfants et vieillards pour crier des slogans, mais leur résistance cède vite devant les démolisseurs qui avancent comme des extra-terrestres armés de massues et de marteaux, secondés par des engins de chantier Poclain.

Autrefois, avant de raser un quartier, les promo-teurs faisaient l'effort de rencontrer les habitants, de les convaincre, d'obtenir leur accord, mais aujourd'hui ils montent un syndic chargé du réaménagement qui règle tout pour eux. Avant de se mettre au travail, les ouvriers reçoivent des instructions : il ne faut pas que cela dégénère, pas d'effusion de sang, pas de violence, pas de contact physique. Mais ce ne sont que des recommanda-tions formelles pour se mettre en règle avec la législation et rejeter toute responsabilité. En réalité, ils poussent, bousculent, renversent, insultent, injurient les protestataires, déchirent les vêtements des femmes, giflent et malmènent les récalcitrants un peu vigoureux. Les bulldozers s'attaquent d'abord aux maisons les plus décentes, ils les réduisent en poussière. Les anciens résidents opposent une résistance farouche les trois ou quatre premiers jours, mais lorsque les décombres et les gravats commencent à remplir les ruelles, petit à petit ils se résignent, ils quittent le quartier l'un après l'autre ; l'ancienne communauté des habitants est elle aussi démolie, à l'image des vieilles maisons.

Minwoo avait pour tâche de prendre place dans une maison vide pour en faire, pendant la durée des travaux de démolition, un observatoire lui permettant de surveiller le site. L'endroit était en même temps le gîte des ouvriers. D'abord couvert de débris comme s'il avait été bombardé, puis nettoyé par une ronde de camions, le site réapparaissait sous sa forme première, petite clairière minable coincée entre des tours et non plus lieu d'habitation. Minwoo passait en général un bon mois avec les ouvriers. A manger et dormir avec eux, il faisait d'eux ses amis. Il était devenu très copain avec son chef d'équipe, qui crachait des jurons entre chaque phrase, et qui avait deux inscriptions à son casier judiciaire. Parmi les employés, on distinguait les professionnels de la démolition et les gardiens. Ces derniers étaient des voyous parfaitement aguerris, qu'on dépêchait sur les sites de démolition contre les manifestants. Un jour, le chef d'équipe a demandé à Minwoo, autour d'un verre, s'il voulait savoir ce qu'était son rêve :

— C'est pas vrai ! Tu as encore des rêves ?

— J'avais un pote, que j'ai connu en taule. Il était mignon, l'air d'un gigolo. Il jouait de la musique dans un bar à hôtesses. La nuit, il dessinait au lieu de dormir. Une fois, je lui ai arraché son papier. Ça ressemblait à un plan. Je lui ai demandé ce que c'était, il m'a dit : c'est l'hippodrome de Gwacheon.

— Son rêve, c'était de gagner aux courses de chevaux ?

— Gagner, oui, mais en braquant l'hippodrome.

Une fois sorti de prison, cet ami de Minwoo n'a jamais revu son pote musicien, mais il n'avait pas oublié son projet. Alors, il s'était rendu à l'hippodrome, pour voir. Il y avait plusieurs dizaines de guichets. Chaque guichet, en fin de semaine, voyait passer des dizaines de milliards de wons. Dans chacun d'eux, il y avait une caissière et un gardien. L'entrée était protégée par un portillon électronique. Chaque fois que quelqu'un passait, le code changeait. En cas d'urgence, le portillon se fermait automatiquement. La seule possibilité, c'était de soudoyer la caissière. Il avait ajouté qu'il fallait au moins quatre complices.

— Tu vas trop au cinéma, non ? s'était moqué Minwoo.

L'autre lui avait montré plusieurs photos qu'il avait prises lui-même. Quoi qu'il en soit, Minwoo avait passé un peu plus d'un mois avec un employé qui nourrissait de grandes ambitions…

Un jour, un conducteur d'engin est venu lui rendre compte d'un problème : une famille, tout en haut de la colline, résistait encore, l'empêchant de terminer le nivellement du site. Le chef d'équipe est allé voir sur place, accompagné de quelques gardiens. La pelleteuse était arrêtée dans un jardin où elle avait fait irruption en renversant un mur. Son moteur continuait de tourner. Un vieillard s'était couché à même le sol devant l'engin. Un

134

homme d'âge moyen se tenait à proximité avec une massue à la main, ainsi que deux femmes et trois enfants. L'un des enfants, très maigre, se contorsionnait en hurlant. Le chef d'équipe a donné l'ordre de procéder comme d'habitude :

— Il y a juste quatre adultes, sortez-les d'ici.

Pour les gardiens, il n'y avait là rien de difficile. Ils se sont approchés des rebelles sans hâte, leur disant de rester calmes, sinon ils pourraient être blessés ; résister était inutile, les choses étaient déjà faites. Tout en les chapitrant, ils les ont tirés de côté. Les femmes avaient beau se débattre, le vieillard agiter les jambes, tous ont été entraînés à l'écart. Mais l'homme, sans doute le chef de famille, opposait une ferme résistance en brandissant sa massue. La saisissant au vol, le chef d'équipe l'a arrachée des mains du forcené pour la jeter au loin. Les enfants ont suivi les adultes en pleurant, à l'exception du maigrichon, lequel s'est lancé en hurlant au-devant de l'engin dont le bras immense, déjà, amorçait une rotation. Avant que quiconque n'ait eu le temps de se mettre en garde ou de l'arrêter, il a reçu de plein fouet le bras de fer de la machine. Le frêle corps s'est envolé comme un linge dans le vent pour retomber plus loin. Le conducteur, coupant le moteur, est descendu de sa cabine. Voyant le visage en sang du garçonnet gisant sur un bloc de béton, il s'est tourné vers les ouvriers en criant :

— Vous avez tous vu ? C'est lui qui s'est jeté dessus !

La femme s'est effondrée sur le gamin en poussant des cris aigus.

— On n'a pas de chance, a dit le chef à Minwoo, appelle vite une ambulance.

Minwoo a appelé une ambulance, puis la direction de l'entreprise. Les parents du gamin s'étaient jetés comme des fous sur les ouvriers. Le gamin – handicapé mental – était mort sur le coup. Les journalistes sont venus, le chantier a été arrêté. Kim Minwoo a été rappelé à la maison mère, suspendu pendant un mois, puis licencié. Il n'a jamais revu son copain, le chef d'équipe. A l'hippodrome de Gwacheon, grouillant de monde tous les week-ends, il ne s'est toujours rien passé.

7

La mémoire conserve parfois des versions fort différentes d'une même expérience, car avec le temps on oublie des choses ou bien on en garde des récits biaisés par l'état d'âme du moment. Ce qu'illustre bien le souvenir que Cha Soona et moi gardons l'un de l'autre. D'après sa version, je l'aurais vite oubliée, elle, ainsi que le quartier de la colline, mais ce n'est pas vrai.

En relisant attentivement son mail, je me suis rappelé ce qui s'était passé quand j'étais retourné à Dalgol après mon entrée à l'université. Je m'y étais rendu après la fin du premier semestre. L'après-midi, j'étais allé aider mon père à faire frire la pâte de poisson. Il manquait de main-d'œuvre : la jeune fille qui le secondait était en arrêt de travail : elle s'était brûlée avec l'huile. L'été étant la saison creuse, les petits restaurants réduisant sensiblement leurs commandes, mon père attendait les vents frais de l'automne pour remplacer son assistante. Travailler devant un chaudron plein d'huile bouillante au-dessus du feu pendant la mousson vous met tout de suite en sueur. Le travail en amont, qui consiste à broyer la chair de poisson dans une machine et à préparer la pâte avec du soja et de l'amidon, était bien moins pénible. Pendant ces quelques jours, j'ai pu me rendre compte à quel point le travail que mon père faisait depuis des années malgré son handicap était fatigant.

L'aide que je leur apportais semblait pourtant embarrasser mes parents. Ma mère était fière de parler de son fils étudiant avec ses voisins commerçants, mais mon père, plus réservé, s'ingéniait à m'éloigner du chaudron d'huile aux heures d'affluence.

J'ai remonté, comme naguère, la grand-rue avec, dans les mains, un paquet de pâte de poisson invendue. Poussant la porte en contreplaqué, je suis entré dans le magasin de nouilles. La mère de Soona m'a réservé un accueil chaleureux :

— Mais qui est-ce donc ? Tu es maintenant un monsieur ! Si je t'avais croisé dans la rue, je ne t'aurais pas reconnu !

Entendant ces exclamations, le père est sorti à son tour, suivi de Soona qui n'a pointé que le bout du nez. Elle avait maigri, elle avait l'air sombre. Elle m'a fait un petit signe de la tête et s'est aussitôt éclipsée à l'intérieur.

Moi, je n'avais pas de sœur, et, de mon temps, les lycées n'étaient pas mixtes, si bien que je ne connaissais rien aux femmes. Pourquoi Soona était devenue aussi froide, c'était pour moi un mystère qui me plongeait dans la plus grande perplexité. Mais, pensais-je, est-ce bien le moment de perdre la tête pour une jolie fille du quartier ? Ne sois pas ridicule, ressaisis-toi, me disais-je, tu as un long chemin à frayer devant toi… C'était ma manière de me consoler de la déception causée par le comportement de Soona.

J'ai également rendu visite à Jaemyeong sur les lieux où œuvraient ses cireurs de chaussures. Lui et son frère Jaeggeun, alias Petit-Bout, s'étaient assuré la jouissance d'un espace d'environ vingt mètres carrés au rez-de-chaussée d'un immeuble au fond de la ruelle. Autrefois, ils ciraient les chaussures dehors sous une bâche soutenue par des montants de bois. Maintenant, ils disposaient d'un local assez présentable, où Jaemyeong avait une table et une chaise tout au fond, ses jeunes employés utilisant le reste de l'espace pour installer des tabourets où ils faisaient asseoir leurs clients. Les chaussures collectées à l'extérieur étaient alignées après nettoyage ; quant aux clients venus en personne, ils prenaient place sur les tabourets et attendaient leur tour en feuilletant des journaux ou des magazines. Loin de se contenter d'opérer dans le quartier du cinéma et du café, les cireurs avaient étendu leur champ d'action sur toute la zone du carrefour. Jaemyeong employait une dizaine de jeunes, Jaeggeun, huit. De la sorte, l'entrée du marché de Dalgol était devenue le quartier général des deux frères.

J'ai pu avoir, aussi, des nouvelles du maître de taekwondo. Il était resté tranquille un bon moment après les coups qu'il avait reçus, puis il avait fini par réapparaître : par l'intermédiaire de Bout-de-Tronc, il avait fait connaître à Jaemyeong son désir de l'affronter une nouvelle fois. C'était une provocation en duel très officielle. Il avait posé ses conditions : six heures du soir, dans la cour de l'école primaire de l'autre côté de la rue, chacun se présentant avec son témoin. Jaeseop n'était pas là : comme il traînait un casier judiciaire déjà chargé, il ne se montrait plus dans le quartier. Bout-de-Tronc avait sans doute calculé que son frère, le maître de taekwondo, gagnerait facilement contre Jaemyeong. Ils ignoraient tous deux que ce dernier s'était initié à plusieurs arts martiaux et que l'expérience de la rue l'avait rendu bien plus fort que son frère. De plus, ayant pris racine dans le quartier et y gagnant dignement son pain, Jaemyeong avait, aux yeux de ses rivaux, la faiblesse de se bien tenir, alors que Jaeseop, toujours loin de chez lui et plombé par son casier, faisait figure de redoutable électron libre, de canaille capable de tous les coups tordus. Ils pensaient que le maître de taekwondo s'était laissé piéger lors de leur première confrontation. Tout contents de me revoir après une aussi longue absence, Jaeggeun et Jaemyeong m'ont raconté tout ce qui s'était passé. C'est Jaeggeun qui a commencé, mais tous deux se coupaient la parole avec force gestes grandiloquents :

— C'était… en mai dernier, je crois. Le maître de taekwondo, il avait dû miser son boulot et sa réputation…

A six heures du soir, il n'y avait plus que quelques gosses jouant au ballon dans la cour, et deux écoliers occupés à apprendre à faire du vélo sur une bicyclette d'adulte, se soutenant à tour de rôle et ne manquant pas de se flanquer par terre de temps en temps. Jaemyeong est arrivé, accompagné de Jaeggeun. Le maître de taekwondo l'attendait avec Bout-de-Tronc devant la porte principale.

— Il y a trop d'yeux ici, on va aller dans un coin plus discret, a dit le maître de taekwondo.

Jaemyeong a proposé d'aller derrière le bâtiment des classes. Il y avait une cour assez spacieuse fermée par un mur, qui plus tard serait transformée en parking.

Le maître de taekwondo avait passé un blouson par-dessus sa tenue d'art martial, Jaemyeong portait un costume – n'était-il pas chef d'entreprise ? –, un costume, il est vrai, à trois sous. Le premier, confiant son blouson à Bout-de-Tronc, a entrepris d'assouplir ses muscles par de brusques mouvements de la tête à gauche, à droite, qui lui faisait craquer les cervicales, puis il a resserré fermement sa ceinture. Jaemyeong a lui aussi ôté sa veste qu'il a remise à son frère, puis il a dénoué les deux boutons du haut de sa chemise. Les deux rivaux étaient prêts, sautillant sur place. Alors, le

141

maître de taekwondo s'est lancé à l'assaut de son adversaire avec un *dollyeo chagi*, un coup de pied circulaire. Parant l'assaut, Jaemyeong a soulevé son rival par le col, le déstabilisant d'un coup de reins et le jetant à terre. Sans lui laisser le temps de se relever, il lui a logé un direct, puis un autre, puis un troisième. Avant d'avoir eu le temps de faire la démonstration de son savoir-faire, le maître a perdu connaissance tout comme la fois précédente.

Le match a duré moins de cinq secondes, a précisé Jaeggeun. Jaemyeong a en outre donné un bon conseil à Bout-de-Tronc qui, hébété, fixait son frère avec des yeux tout ronds :

— Si tu comptes sur lui pour vivre dans le quartier, t'as intérêt à être plus prudent à l'avenir !

Jaeggeun était aussi fier que s'il avait été lui-même le vainqueur. Il disait à qui voulait l'entendre qu'on ne pouvait pas gagner contre quelqu'un d'aussi expérimenté au combat que son frère, eût-on plein de ceintures d'art martial. Le maître de taekwondo était bien décidé à quitter le quartier, comme le lui avait conseillé Jaemyeong, mais pas avant de lui avoir cassé la gueule. Le sort en a décidé autrement. Il lui est devenu quasiment impossible de recruter des apprentis et il s'est éclipsé, honni de tous.

Mais Bout-de-Tronc n'était pas du genre à baisser les bras aussi facilement. Certes, quand il tombait sur Jaemyeong, il le saluait vaguement avant de disparaître de sa vue, mais s'il trouvait Jaeggeun sur son chemin, il n'était jamais à court de menaces :

— Dis bien à ton frère de faire attention s'il passe par ici la nuit…

De temps en temps, Jaeggeun payait quand même à manger aux gamins de la bande à Bout-de-Tronc, cela à la demande de son grand frère. Un jour, il s'est laissé aller à protester, disant que c'était lâche et ignoble. Alors, Jaemyeong lui a expliqué :

— S'ils nous embêtent, c'est parce qu'ils n'ont rien à manger. Comme dit le dicton, quand on n'aime pas quelqu'un, on lui donne un gâteau de plus ; il faut partager, ne serait-ce qu'un tout petit peu.

Cet été-là, Bout-de-Tronc avait fait une chose que personne dans le quartier n'aurait pu lui pardonner. Jaemyeong m'avait emmené dans une échoppe devant son magasin. Il avait commandé deux bouteilles de bière. Il me traitait d'une tout autre manière qu'auparavant : non seulement il ne me tutoyait plus, mais il employait des formes légèrement honorifiques pour s'adresser à l'étudiant que j'étais devenu. C'était reconnaître que je n'étais plus un petit garçon, que je n'appartenais plus à leur univers, mais à un autre monde, un cran au-dessus.

— Bout-de-Tronc, vous vous souvenez de lui ? Ce voyou, je vais faire de lui de la sauce de poisson, m'a-t-il dit entre deux gorgées de bière bues au goulot. Ecoutez, il m'a foutu en pétard. Il y a quelque temps, ce vaurien a voulu enlever Soona au retour de l'école.

Plusieurs adultes du quartier, mais aussi les cireurs de Jaeggeun, avaient vu Soona arriver au point d'eau en pleurant, sa chemise déchirée, sa jupe maculée de boue. Soona, tous les jeunes du quartier en pinçaient pour elle, mais personne ne savait qu'elle et moi, nous étions ensemble. C'est que nous faisions semblant de nous ignorer. Quand nous nous voyions, nous partions chacun par un bus différent, et, au retour, à partir de l'entrée du marché, nous restions à distance l'un de l'autre.

Les paroles de Jaemyeong me déchiraient le cœur. Bout-de-Tronc avait, m'a-t-il dit, tenté sa chance auprès de Soona à plus d'une reprise. Parfois, il l'attendait devant son lycée. C'est un petit cireur de son équipe qui avait levé le lièvre. L'apprenant, Jaemyeong avait demandé à ses jeunes employés de le lui amener. Pour ne pas le prendre à rebrousse-poil, il l'avait emmené manger de la viande grillée au restaurant Manseok. Après quelques verres de soju, le gosse avait raconté tout ce qu'il savait sans se faire prier.

— Ce voyou de Bout-de-Tronc, j'allais justement lui donner une leçon, vous venez avec moi ?

J'avais enfin compris pourquoi Soona avait l'air si sombre quand j'étais allé lui porter de la pâte de poisson, pourquoi elle passait avec autant

144

de froideur quand je la croisais dans la rue. J'enrageais, je me sentais d'humeur à écrabouiller ce petit voyou à coups de poing. Et voir Jaemyeong en faire son affaire apportait une nouvelle blessure à mon amour-propre.

Jaeggeun avait apporté tout un attirail de combat.

— Garde ça pour toi, avait objecté Jaemyeong, moi, je me sens mieux les mains nues.

— Il n'est pas tout seul, je veux leur faire goûter de ces trucs-là, m'avait dit Jaeggeun qui, gardant pour lui une batte de baseball, me tendait un gourdin.

Tous les trois, Jaemyeong, Jaeggeun et moi, nous sommes montés par la grand-rue, précédés d'un jeune cireur qui nous a guidés jusqu'au lieu où le groupe de Bout-de-Tronc avait élu domicile. Arrivés à l'extrémité de la rue en cul-de-sac, nous avions pris un chemin à gauche qui redescendait sur l'autre versant de la colline. Nous étions entrés dans un quartier orienté vers le nord-est, encore plus misérable que le nôtre. La masure où vivait le groupe se trouvait dans la deuxième ruelle. Nous sommes restés un moment devant la porte, écoutant les clameurs qui s'échappaient de l'intérieur. Les gamins devaient jouer à quelque jeu. Jaemyeong a murmuré :

— Bout-de-Tronc est là. Moi, je cogne sur tout ce qui se trouve là-dedans ; vous, vous vous occupez de ceux qui s'échappent.

Faisant d'un grand coup de pied voler en éclats la porte en contreplaqué, il s'est précipité à l'intérieur. La lumière s'est éteinte, les vitres ont explosé, des cris et des bruits ont précédé la fuite d'un type qui filait par la porte. Jaeggeun et moi avons brandi nos armes dans le noir, frappant à l'aveugle sur le dos, les bras, les jambes. Le fuyard s'est affaissé, puis un autre est sorti, que nous avons poursuivi et aussitôt neutralisé. On a réglé leur compte à quatre d'entre eux, comme on aurait chassé des blaireaux devant leur tanière. Jaemyeong est apparu sur le pas de la porte :

— Voilà, c'est fini !

Jaeggeun, tout excité, a demandé où se trouvait Bout-de-Tronc.

— Je crois qu'il est dedans, a répondu son frère. Je me demande s'il n'est pas à moitié mort.

Je suis entré avec Jaeggeun. Jaemyeong a allumé la lampe de la cuisine. Le sol était jonché de débris de néon, de bouteilles de soju, de verres, de vêtements. Bout-de-Tronc était en sang, étendu de tout son long. Jaemyeong lui a donné des tapes dans les reins :

— Eh, lève-toi, n'exagère pas !

Il l'a fait asseoir. Bout-de-Tronc a essuyé le sang qui coulait de ses lèvres. Jaemyeong lui a fait la leçon tout en gardant une certaine réserve ; il donnait l'impression, je ne sais pourquoi, d'être vraiment l'homme de Cha Soona.

— Si tu réapparais demain encore dans le quartier, tu y laisseras ta peau. Les parents de Soona ne sont pas encore au courant. Mais si jamais ils te dénoncent, espèce de voyou, tu iras tout droit manger du riz aux pois en taule. Casse-toi du quartier, va plutôt aider ton vieux père sur les chantiers de construction, d'accord ? Il serait pas content de te savoir en train de bouffer un riz aussi dégueulasse. Compris ?

Tirant son porte-monnaie de sa poche, Jaemyeong lui a jeté deux ou trois billets :

— C'est pour le transport...

C'est cet automne-là que j'ai trouvé un emploi de précepteur logé, ce qui m'a permis de mettre fin à la vie de misère que je menais dans cette pièce avec un colocataire. Une aubaine que je dois à un étudiant de la promotion au-dessus de la mienne : devant partir faire son service militaire, il m'a proposé de le remplacer. Il s'agissait de faire travailler un lycéen en deuxième année. J'ai rendu visite à sa famille avec mon prédécesseur. J'étais tout intimidé par les somptueuses villas du quartier.

J'ai été présenté à la mère de mon futur élève dans un salon dont la hauteur correspondait à celle de deux étages ordinaires. Mon prédécesseur s'était occupé de son fils depuis son entrée au lycée. Il avait réussi à faire monter un peu ses notes et son classement. Sa mère estimait, avec des soupirs, que ce n'était pas suffisant. Son fils ne se

concentrait pas sur ses études, tout ce qu'il avai
appris un jour était oublié le lendemain.

Le père était un officier militaire de haut rang
Ayant deux étoiles, il devait être général d
division. Il avait aussi une fille, beaucoup plu
jeune que le garçon. Chaque fois que des officier
en uniforme ou des soldats se présentaient che
eux, ils adressaient d'abord un salut militaire à l
femme du général en faisant claquer les talons.

Ils m'ont attribué une chambre dont les fenêtre
donnaient sur le versant d'une montagne couvert
d'arbres à larges feuilles et d'épineux. Je donnai
mes leçons dans la bibliothèque, salle qu'il m'étai
également permis d'utiliser pour mes étude
personnelles. Très occupé à travailler et à fair
travailler mon élève, je me sentais à mille lieue
du marché de Dalgol. Quand l'épouse du généra
m'a demandé d'où je venais, j'ai répondu : d
Yeongsan, en province.

Je voulais que leur fils me considère comm
un frère et un ami à qui il pouvait faire confiance
Il n'avait que deux ans de moins que moi, mais i
était complètement immature, on aurait dit u
collégien. C'était la conséquence de son éducatio
de fils unique, d'enfant gâté. Toutefois, il avait trè
peur de son père le général, c'est à peine s'il osai
ouvrir la bouche devant lui. Au début, il affichai
à mon égard un mépris ostentatoire, ouvrant de
Playboy qu'il s'était procurés je ne sais commen
à la place des manuels. Je le laissais faire.

Au bout d'un mois, je l'ai emmené au marché le Dalgol. Mes parents, occupés à faire frire de la pâte de poisson, m'ont adressé des regards de reproche. J'ai remplacé mon père pendant une heure, laissant mon élève assis à l'intérieur du magasin. Ensuite, je l'ai conduit à la boutique de Jaemyeong, là où ses employés ciraient des chaussures. Jaemyeong nous a emmenés tous les deux boire un verre.

Mon élève était tendu, troublé par la façon de parler de Jaemyeong. Lui, si prétentieux devant moi, un peu de bière l'avait fait fléchir, il était devenu écarlate, tout essoufflé. Jaemyeong, qui avait deviné pourquoi j'avais amené ce gosse de riches ici, s'est mis à faire de moi un éloge très exagéré :

— Eh, petit, tu as du mal à imaginer ce qu'était monsieur Park Minwoo dans ce quartier ? Si quelqu'un ici ignorait son nom, c'est qu'il était à deux doigts de sa mort. Qui aurait soupçonné que ce monsieur serait capable de s'arracher à ce monde pour faire des études et entrer dans cette illustre université ? Ah là là, dire que ces poings-là tiennent aujourd'hui des stylos !

Bien qu'étonné d'apprendre que j'étais de ce « village de la Lune » et que j'avais comme copains de mauvais garçons, le gamin dissimulait sa surprise. Mon intention n'était pas de lui faire peur. Je voulais seulement lui faire savoir très franchement qui j'étais, attendant de lui la même franchise en retour. Et surtout qu'il comprenne quel point il jouissait de conditions privilégiée par rapport à moi. Je ne sais pas si j'ai réussi, mai en tout cas, si mon stratagème avait fait bouger u peu les lignes, même si ce n'était pas dans le sen que j'espérais, c'était déjà ça.

Cette escapade était un secret entre lui et moi Si ses parents apprenaient que je l'avais sorti pou le faire boire au lieu de le faire travailler, ils n'au raient pas du tout apprécié. Il m'a confié ses rêve pour l'avenir. Il voulait devenir réalisateur de film et voyager. Autrement dit, il n'avait guère envi de travailler, mais plutôt de vivre en s'amusant J'ai pris son parti en lui disant que c'était une trè bonne idée, mais que, pour réaliser son rêve, i fallait quand même qu'il se remue un peu. Pou faire ce qu'on veut, il faut, d'abord, de bonne notes. Je lui ai prodigué des conseils bien clas siques, mais en insistant longuement. J'ai auss recouru à l'appât des études à l'étranger. Il fallai bien travailler l'anglais pour pouvoir ensuite alle étudier à l'étranger ; après, il pourrait voyager faire des études de cinéma, et, en gagnant e compétence, devenir un réalisateur de renom inter national. S'il travaillait bien, nous sortirions un fois par mois en randonnée ou en camping. Il m paraissait nécessaire, pour nouer avec lui une rela tion privilégiée, de le sortir du cadre de sa maiso et de son école, de lui donner accès à un autr environnement.

Assez vite, il m'a considéré comme un frère
îné. Il ne répugnait plus à me raconter ce qui se
·assait au lycée. Ses notes se sont stabilisées. Il
·réparait ses partiels jusqu'à l'aube. Quand ses
·otes ont progressé de façon satisfaisante, j'ai
·arlé de ses ambitions à sa mère. Elle a sursauté
·n entendant le mot « réalisateur ». Jamais le
·énéral ne tolérerait pareille chose. Je lui ai dit
·u'il valait mieux respecter le désir de son fils si
·'on voulait préserver sa motivation pour l'avenir ;
·lans le temps qu'il se préparerait à faire du cinéma,
·ui ai-je dit, il pourrait très bien changer d'idée. Je
·ne suis occupé de lui jusqu'à la fin de la terminale,
·t j'ai réussi à le faire entrer dans une université.
·elle fut la première pierre angulaire de mon inser-
·ion dans la société.

J'ai décidé de m'acquitter de mes obligations
·nilitaires à l'issue de mes trois premières années
·le licence. Ayant pris sa retraite de l'armée, le
·énéral avait été nommé à la tête d'une entre-
·rise nationale par le gouvernement militaire de
·'époque. C'est grâce à lui que j'ai pu faire mon
·ervice à Séoul, et surtout partir ensuite étudier
· l'étranger et terminer enfin ma quatrième
·nnée à l'université. Aujourd'hui, il est décédé,
·a femme vit avec son fils, on m'a dit qu'elle
·llait bien.

Ce jeune garçon et moi, nous étions devenus
·le vrais amis, des frères. Il a d'abord travaillé pour
·ne chaîne de télévision avant de monter une

agence de production, qu'il gère encore mainte
nant. Je n'oserais pas dire que mon rôle a été déter
minant pour sa vie, mais pour ma part, j'avoue
oui, que je dois beaucoup à ces gens-là. Ce que
j'avais ressenti en voyant ce garçon, c'est que
lorsqu'on est né avec une cuiller d'argent dans la
bouche, comme on dit aujourd'hui, on peu
toujours devenir quelque chose. A moins de faire
de grosses bêtises, on suit plus ou moins une voie
toute tracée. Pour moi, en revanche, échapper à la
pauvreté qui est le lot de tous ces gens entassés
sur les collines, c'était déjà en soi un miracle. C'est
aussi ce qui explique la psychologie compliquée
des gens comme moi. Quel remède à cela ? A dire
vrai, des gens comme moi, il y en a partout. Il
suffit de voir, la nuit, du haut de la terrasse d'un
hôtel du centre de Séoul, la multitude des tours
d'habitation le long des avenues, le nombre étonnant des croix rouges qui signalent la présence des
églises évangélistes et la quantité des vitrines illu-
minées par les néons. Pendant la dictature militaire, période de répression et de violence, nous
cherchions la consolation dans ces églises ou dans
ces magasins de luxe. Nous vivions arc-boutés sur
« la justice fondée sur le pouvoir », que nous
vantaient chaque jour les médias. Nous avions
besoin de ce mode de fonctionnement de la société
et de ses représentants que nous avions nous-
mêmes fabriqués et qui nous disaient sans cesse
que notre choix était juste. Et moi, j'étais une

composante de ce système, à l'intérieur duquel je ne sentais bien.

Le souvenir de Soona, que j'ai revue plusieurs fois entre le moment où je suis devenu précepteur et mon départ à l'étranger, est resté profondément gravé dans ma mémoire. L'occasion m'a été donnée de la revoir chaque fois qu'un changement est intervenu dans ma vie. Un jour, j'ai reçu un appel d'elle chez le général. C'est la femme de ménage qui m'a annoncé qu'on m'appelait. J'ai pensé que c'était ma mère, elle ne m'appelait que lorsqu'elle avait quelque chose d'important à me dire.

— Allô ?

Un long silence a suivi ma question. Puis, j'ai entendu une voix, très calme, me dire :

— Je suis Soona.

Elle avait obtenu mon numéro auprès de ma mère. Elle se trouvait tout près de la maison du général. Quand je l'ai retrouvée dans un café tranquille du quartier huppé où je résidais, je me suis senti embarrassé. Elle était fort mal habillée, assise dans un coin, tournée vers le mur. Elle ne cessait de passer la main sur son sac en vinyle qu'elle avait posé sur le siège voisin, ce qui accusait son manque de manières.

— Où vas-tu ? lui ai-je demandé.

— Je quitte la maison, a-t-elle répondu sans la moindre hésitation.

Avant que j'aie eu le temps de réagir, elle a enchaîné :

— J'ai appris que tu partais faire ton service militaire.

J'avais entendu dire, de mon côté, qu'elle n'avait pas été admise à l'université l'année précédente. J'ai abordé la question de manière détournée :

— Comment ça va, toi ? La préparation au concours d'entrée, ça se passe bien ?

— J'ai abandonné. Mon père me demande de trouver du travail.

— Alors, tu as quitté la maison ?

J'avais dû prendre le ton sourcilleux d'un prof qui questionne son élève, déformation professionnelle du précepteur que j'étais devenu. Soona a éclaté d'un rire gêné :

— Tu me prends pour une gamine ? On a juste un an de différence…

— C'est que je m'inquiète pour toi…

Elle m'a demandé de lui offrir un verre. J'avais l'impression qu'elle était déterminée à obtenir quelque chose, que je devais absolument lui accorder de passer un moment avec elle, qu'elle me faisait du chantage, qu'elle était prête à se tuer si je refusais. En plein désarroi, j'ai hésité à me décider. Je me sentais détaché du quartier de la colline tout en craignant encore d'y être ramené à un moment ou à un autre par Soona. Je la désirais, Soona, et en même temps je la tenais à distance, prétextant ma situation de précepteur. J'étais déjà dans un autre univers. Je vivais douloureusement l'inconfort que ressent, à l'égard du monde familier qu'il a quitté, celui qui est déjà passé dans un autre monde. Plus exactement, lorsque j'avais été témoin des violentes représailles de Jaemyeong contre Bout-de-Tronc, j'avais senti que mon sentiment pour Soona était souillé. Je n'avais plus aucune envie de me retrouver dans l'arène des jeux des enfants de ce quartier pauvre.

Soona, ce jour-là, se montrait provocante. J'avoue que, du jour où je l'avais vue pour la première fois à Dalgol, l'idée de faire l'amour avec elle m'avait obsédé. Souvent je m'étais masturbé en essayant de me figurer son corps. C'est donc mon égoïsme qui l'a conduite dans un bar. Ensuite, nous nous sommes rendus dans un hôtel bien avant minuit, l'heure du couvre-feu. Cette nuit-là, j'ai été aussi maladroit que véhément.

Le lendemain matin, dans la rue ensoleillée, en s'efforçant de mettre un peu de gaîté dans sa voix, elle m'a adressé des vœux pour que mon séjour à l'armée se passe bien. Comme toujours aux heures de pointe du matin, il y avait beaucoup de monde dans la rue, beaucoup de bus et de voitures. Tout ce que je venais de vivre me paraissait extravagant. En faisant une grimace, comme si un soleil trop vif me gênait, la main en visière au-dessus des yeux, je lui ai répondu simplement :

— Quand je passerai chez moi, j'irai te voir.

Les années ont passé. Mon service militaire terminé, je suis revenu à la maison. Je suis tombé sur Soona à l'entrée du marché de Dalgol. Plus exactement, je l'ai aperçue marchant depuis l'arrêt de bus tandis que je descendais par la passerelle. Pendant mon service militaire, lorsque j'étais venu en permission, j'avais fait exprès de ne pas chercher à avoir de ses nouvelles. Elle ne m'avait pas vu, je la voyais s'éloigner. Après quelques instants d'hésitation, je l'ai appelée :

— Mademoiselle Cha Soona !...

Je l'avais appelée d'une petite voix. Si elle ne m'avait pas entendu, peut-être ne l'aurais-je pas rappelée. Je n'y avais pas mis beaucoup d'énergie et elle était déjà à quelque distance, mais elle s'était arrêtée pour se retourner brusquement :

— Ah, c'est toi !

Le café d'autrefois était devenu un restaurant occidental avec, sur chaque table, des vrilles et des feuilles de vigne en plastique. Cha Soona était en tenue de ville, légèrement maquillée, toujours jolie.

— Quand as-tu terminé ton service militaire ?

— Il y a environ un mois.

— Et l'université ?

— Je vais reprendre. Mais d'où viens-tu ?

— Du bureau.

— Je crois avoir entendu dire que tu travaillais en province.

— Non, c'est une toute petite boîte, à Séoul.

— Que fais-tu au juste ?

— De la comptabilité. Ça va, c'est pas déplaisant.

— Tant mieux, c'est pas facile de trouver du boulot en ce moment.

— Ça n'a pas été si difficile. C'est la boîte d'un ami de papa.

— Tu as donc été pistonnée…

Nous avons échangé quelques propos banals, du genre de ceux que tiennent en se retrouvant des amis élevés dans le même village. Puis, soudain, j'ai risqué :

— Tu ne te maries pas ?

Elle m'a répondu, sans la moindre gêne :

— Quand tu auras terminé tes études…

Puis, en riant, elle a ajouté :

— N'aie pas peur !

Un ange est passé. Nous n'avions plus rien à nous dire. La gêne s'était installée entre nous. Soona s'est levée en me priant de l'excuser. En attendant son retour des toilettes, j'ai allumé une cigarette, dont je tirais lentement des bouffées. Au bout de vingt minutes, je me suis approché de la caisse tout en gardant un œil sur la porte des toilettes. J'allais payer la note quand le garçon m'a annoncé :

— La demoiselle a déjà réglé en partant.

Les rares fois où je suis retourné à Dalgol après la reprise de mes études à l'université, je n'ai passé

157

qu'un court moment dans le magasin de me
parents au marché. Un peu avant la fin de l'année
mon directeur de recherche m'a présenté
Hyunsan, un architecte, qui m'a engagé dans so
agence. J'ai commencé comme apprenti. Il y avai
beaucoup de travail, je passais souvent la nuit
bosser, ne fermant les yeux que quelques instant
sur le canapé du bureau. Je faisais équipe avec Y
Yeong-bin, engagé lui aussi comme apprenti. Bie
que très occupé, j'ai préparé pendant deux ans l
concours des bourses d'Etat, que j'ai réussi. Cett
année-là, il y a eu des troubles à Gwangju, la situa
tion politique était vraiment instable. L'état d
siège a été proclamé, les chars d'assaut ont pri
position dans les rues, les chaînes de télévision
les bâtiments publics, les écoles étaient gardés pa
des soldats des unités d'élite en tenue de camou
flage, l'arme au poing. Une rumeur sans fonde
ment a fait courir le bruit que beaucoup de civil
avaient été tués.

Je ne suis jamais allé à Gwangju, mais d'aprè
ce que colportaient les rumeurs et selon les dire
aussi d'architectes plus âgés que moi, je ne pouvai
pas me désintéresser de ce qui s'était passé e
prétextant un endroit avec lequel je n'avais rien
voir. Nous savions tous pourquoi le présiden
avait été tué l'année précédente et quelle étai
l'ambition de la nouvelle autorité militaire
Pourtant, ce qui nous intéressait, c'était de savoi
si les projets dans lesquels nous étions engagé

158

boutiraient conformément aux orientations défi-
ies par le pouvoir. Nous allions croître grâce aux
lividendes que le pouvoir en place nous permet-
rait d'empocher. Et même si nous nous repro-
hions ce qui s'était passé, cela ne durerait pas.
Nous le savions trop bien. Je me souviens que,
plus tard, en arrivant aux Etats-Unis, j'ai vu des
photos et des documentaires sur ces événements,
qui m'ont profondément choqué et même démo-
ralisé pour un bon bout de temps.

Après mon service militaire, j'avais été réen-
gagé par la famille du général. On m'avait chargé,
jusqu'à la fin de mes études, de donner des cours
d'anglais à leur fille. Ma chambre à l'étage supé-
rieur m'attendait, inchangée, avec mes livres. On
me traitait comme si j'étais le fils aîné de la famille.
Aux yeux de ces gens, leur fils se sentait trop seul ;
qu'il m'accordât sa confiance, qu'il m'écoutât, les
rassurait. Alors que je ne voyais pas encore très
clairement ce que, moi, j'allais devenir, je devais
écouter ses préoccupations et lui donner des
conseils.

Plus tard, alors que je travaillais à l'agence
d'architecture, j'ai décidé d'aller poursuivre mes
études à l'étranger. La femme du général m'a
laissé entendre qu'une de ses amies avait plusieurs
filles, dont la cadette était la plus jolie et intelli-
gente. Ses autres frères et sœurs étaient déjà à
l'étranger pour leurs études, et cette dernière s'apprêtait à aller les rejoindre. Par l'entremise de la

générale, j'ai rencontré cette jeune fille, nous nou
sommes vus à plusieurs reprises et en somme
venus à parler mariage de manière sérieuse. So
père, un diplomate de carrière, n'accordait pa
d'importance à ce que ma famille fût pauvre
ayant circulé dans beaucoup de pays étrangers, i
avait l'esprit ouvert. Si j'étais intelligent, cel
suffisait, telle était son opinion.

Il y avait longtemps que je n'avais pas rev
Cha Soona ; la dernière fois remontait à notr
entrevue après mon service militaire. Pendant qu
je travaillais à l'agence, j'étais retourné plusieur
fois à Dalgol. Je m'étais gardé de poser des ques
tions sur le magasin de nouilles. Non par calcul
mais je me disais que, désormais, l'existence d
cette fille n'avait plus rien à voir avec moi. Avoi
passé une nuit avec elle avant mon service mili
taire, quelle importance cela pouvait-il bien avoir

Mais un jour, elle m'a appelé au bureau. J'a
senti mon cœur battre, mes tripes se nouer. Un
sorte de remords est monté en moi. Commen
avait-elle vécu pendant tout ce temps ? Je m
rendais compte que j'avais complètement cessé d
penser à elle.

Je suis allé la voir dans un café après les heure
de bureau. Il m'a fallu chercher un moment avan
de la trouver. Elle portait un blouson d'homme
quelque chose qui ressemblait à l'uniforme d'un
entreprise. Puisque je retrouvais une amie d'en
fance de mon quartier, je l'ai invitée à dîner. Ell

160

faisait une mine bien sombre. En échangeant de nos nouvelles, j'ai appris que son père était décédé pendant que j'étais à l'armée. Le magasin de nouilles avait fermé, ce que j'ignorais. En fait, j'ignorais tout d'elle, mais elle ne m'en tenait pas rigueur. Habitait-elle toujours la même maison ? Elle avait déménagé pour s'installer dans un quartier proche, c'était donc comme si elle habitait toujours à Dalgol. Continuait-elle de travailler ? Elle avait arrêté peu auparavant. Après le dîner, désireux de rester ensemble un peu plus longtemps, nous sommes allés boire de la bière dans une brasserie comme il y en avait encore à l'époque. Nous nous sentions, non pas ivres, mais un peu grisés.

— Comment as-tu su que je travaillais là ?

— Ça t'intrigue ? m'a-t-elle répondu en prenant un air sérieux. Crois-tu pouvoir m'échapper ? Moi, si je veux, je peux tout savoir sur toi, Minwoo.

Et elle est partie d'un rire sonore, comme à son habitude, pour se moquer de moi. Très vite, le sourire s'est effacé de son visage :

— Il paraît que tu vas partir à l'étranger pour tes études ?

C'était idiot de ma part de lui avoir posé cette question. Sa mère et la mienne pouvaient se croiser à tout moment au marché et échanger des nouvelles. De plus, quand j'ai réussi à décrocher une bourse d'Etat, j'étais allé l'annoncer à mes parents, j'avais même pris un verre avec Jaemyeong. Il avait

161

liquidé son business de cireur pour ouvrir un bar, un établissement qui avait plutôt belle allure. C'était, selon l'appellation d'aujourd'hui, un bar à hôtesses où le service de l'alcool était assuré par des jeunes filles. Il y avait aussi des musiciens pour réchauffer l'atmosphère. La salle était cloisonnée par des partitions, offrant un peu d'intimité aux clients. En vieux briscard du quartier, Jaemyeong avait le savoir-faire nécessaire, et ses affaires marchaient très bien. J'avais dû lui raconter, entre autres choses, que j'avais rencontré ma future femme.

Cha Soona et moi avons beaucoup bu ce soir-là. Juste avant de nous quitter à l'approche du couvre-feu, elle m'a dit :

— En fait, j'ai une faveur à te demander.

J'avais en effet l'impression, pendant que nous buvions, qu'elle avait quelque chose en tête.

— Est-ce que tu connais quelqu'un de haut placé à l'armée ?

— De quoi s'agit-il ?

— Quelqu'un que je connais a été emmené par la police.

— Quelqu'un que je connais moi aussi ?

Elle a fait oui de la tête. A ce moment-là, j'ai compris.

— Jaemyeong, n'est-ce pas ?

Ella a baissé la tête. C'est là que j'ai reconnu le blouson qu'elle portait.

— Vous vivez ensemble ?

162

— Non, on ne vit pas ensemble, mais il s'est bien occupé de maman et de moi.

Il avait été embarqué quelques jours plus tôt par un policier du quartier assisté d'un inspecteur, et elle était sans nouvelles depuis. Elle était allée se renseigner à la police avec Myosun, mais personne ne leur avait dit où il était. La rumeur courait qu'il avait été envoyé à l'armée. Le régime militaire avait ordonné l'élimination des voyous, on attrapait des loubards aux quatre coins du pays. Plus tard, on a entendu parler de la création d'un camp de rééducation à Samcheong[1].

J'ai hélé un taxi pour elle en m'aventurant jusqu'au milieu de la rue. Avant de monter, elle m'a serré dans ses bras :

— Au revoir ! Toutes mes félicitations pour ton mariage…

Le taxi parti, je suis resté planté un long moment sur place.

Même s'il m'en coûtait d'agir, je ne pouvais pas rester les bras croisés et laisser Jaemyeong dans le pétrin. Au terme de longues tergiversations, je suis allé en parler prudemment au général. Après m'avoir écouté, il m'a demandé quelle relation j'entretenais avec lui. Il s'agit d'un lointain

---

1. Sous le régime dictatorial de Park Chung-hee, les délinquants ou assimilés étaient regroupés dans des camps dits « de rééducation », tel celui de Samcheong, dans le nord de Séoul, desquels beaucoup ne sont jamais revenus.

cousin, ai-je affirmé, c'est le patron d'un bar, pas un délinquant. Le général a décroché son téléphone. Il a épelé le nom et l'adresse que j'avais notés pour lui, et recommandé tout simplement à son interlocuteur de bien traiter cette personne.

Après cette affaire et avant de partir pour les Etats-Unis, j'ai promis à la jeune fille présentée par la femme du général de l'épouser. Son père, désormais à la retraite, est décédé au moment où je terminais mes études. Toute sa famille a émigré aux Etats-Unis, et nous nous sommes mariés à New York. Etaient présents à la cérémonie sa famille à elle et quelques amis rencontrés sur place. Mes parents n'ont pas pu venir. La cérémonie de nos noces s'est tenue dans la plus stricte intimité.

8

Il y avait déjà plus d'un mois que je n'avais pas revu Kim Minwoo. Sa mère m'avait envoyé un SMS m'invitant à venir la voir, mais je n'avais pas un moment à moi. Après bien des péripéties, on avait réussi à monter ma pièce, mais elle ne marchait pas très bien. J'étais très déçue, me sentant vidée, ne m'intéressant plus à rien. Le patron de la troupe l'a aussitôt retirée pour la remplacer par une autre. L'hiver était sombre, il traînait en longueur, n'autorisant pas l'espoir de jours meilleurs. Kim Minwoo ne donnait plus signe de vie ; occupée par mes propres affaires, je n'étais pas en mesure de me soucier de lui. Quand j'y repense, entre lui et moi, il n'y a jamais eu de flamme. Les moments où je le voyais, je me sentais bien, réconfortée sans bien savoir pourquoi ; ce qui nous unissait n'avait rien à voir avec l'amour.

C'est par un matin de grand froid, sous un ciel redevenu tout bleu après une averse de neige, que j'ai reçu l'appel. Des spasmes agitaient mon portable que j'avais programmé en mode vibreur. Un numéro inconnu s'est affiché. Comme je n'ai pas pris l'appel, un SMS a suivi. Un officier de police me priait de l'appeler. Je n'avais pas de faute à me reprocher et sachant qu'avec la police il vaut mieux se montrer docile si l'on veut éviter les ennuis, j'ai appelé.

— Vous êtes Jeong Uhee ?

— Oui, elle-même. C'est à quel sujet ?

— J'aimerais vous parler de vive voix.

— Quelque chose d'important ?

Le policier à l'autre bout du fil hésitait à poursuivre. Pendant un moment, je n'ai plus entendu que sa respiration.

— Si vous êtes chez vous en ce moment, je peux vous rendre visite.

J'ai hésité moi aussi, le temps de reprendre mon souffle. Il me demandait de lui accorder juste cinq minutes, il viendrait chez moi dès que je lui aurais communiqué mon adresse. Je lui ai donné mon accord et mon adresse. Il ne devait pas venir de très loin : moins d'une demi-heure plus tard, il sonnait. Dans l'intention de ne pas le laisser entrer dans mon studio, je suis allé à sa rencontre en manteau. Il se tenait à la porte de l'immeuble, en uniforme. Avant même de me laisser le temps de m'avancer sur le trottoir, il m'a demandé :

— Vous connaissez M. Kim Minwoo ?

— Oui, pourquoi ?

— Il s'est donné la mort. J'aimerais que vous veniez un moment au poste de police du district.

J'étais littéralement abasourdie.

— Quoi ? Qu'est-ce que vous dites ?

— M. Kim Minwoo est décédé.

Au poste, assis en face de moi, l'officier de police notait mon témoignage une phrase après l'autre. Lui et moi étions des amis. Pas des amants. Je l'ai connu en faisant de petits boulots, on est devenus proches, comme frère et sœur. La dernière fois qu'on s'est vus, cela remonte à environ un mois.

J'ai demandé au policier s'il avait contacté sa mère.

— Comment aurions-nous eu vos coordonnées autrement ? Il a laissé deux numéros de téléphone dans son testament, celui de sa mère et le vôtre. Vous n'aviez rien remarqué de spécial chez lui ?

C'était un homme, ai-je précisé, qui menait une vie active, il faisait parfois trois petits boulots à la suite, il débordait d'énergie, il était gai. Ensuite, c'est moi qui ai posé des questions. Le moment estimé du décès remontait déjà à cinq jours, mais on ne l'avait découvert que ce matin. Au bord d'une rivière non loin de Chungju dans le Chungcheong du Nord. Sa vieille Galloper et une Avante étaient garées sur la berge. En hiver, sur les chemins non goudronnés, il passait très peu de monde. Les gens du village voisin avaient pensé qu'il s'agissait de voitures de pêcheurs comme il y en avait de temps à autre, ils ne leur avaient pas prêté attention. Mais un jour, deux jours, puis trois puis quatre étaient passés sans que les voitures bougent. Des voitures abandonnées depuis plusieurs jours… les gens avaient fini par trouver la chose curieuse, alors ils avaient appelé la police. La fourrière était venue. Le conducteur avait découvert les cadavres à l'intérieur des voitures. Dans la Galloper, il y en avait deux devant, deux autres derrière. Dans l'Avante, encore deux autres. La jointure des fenêtres, les grilles d'aération, le dessous du volant, tous les endroits où l'air pouvait passer avaient été hermétiquement colmatés par du ruban adhésif vert. A l'intérieur, traînaient des bouteilles de soju, des verres en plastique, une gazinière portative couverte de cendres de charbon. Kim Minwoo était sur le siège du conducteur de la Galloper ; à côté de lui, un homme d'à peu près le même âge, résidant à Ansan ; à l'arrière, un homme et sa sœur originaires de Chuncheon. L'homme et la femme de l'Avante avaient chacun une adresse différente, l'un à Ycheon, l'autre à Chungju, mais vu leur âge et leur tenue vestimentaire, ainsi que les photos et les vidéos trouvées dans leur portable ce devait être un couple adultère. Ils avaient dû se contacter via les sites de rencontre ou les réseaux sociaux qui font l'apologie du suicide très populaires en ces temps. On ne savait pas qu avait organisé cette macabre opération, on savait en revanche que Kim Minwoo et l'homme d'Ycheon avaient conduit chacun sa voiture. Ni la police ni moi-même ne connaissions le moyen par lequel ils s'étaient connus et le lien qui les unissait. L'analyse de leurs communications téléphoniques avait révélé qu'ils s'appelaient depuis plusieurs mois et qu'ils s'étaient déjà rencontrés. On a même trouvé une photo de certains d'entre eux dans un bar de la banlieue de Séoul où ils buvaient de la bière autour d'une assiette de poulet frit.

A quoi peut bien ressembler une rencontre dont l'objectif est la mort ? Qu'est-ce qu'il a bien pu mettre dans son testament ? Et pourquoi ?... Quelles questions ! ai-je murmuré pour moi-même, n'ai-je pas caressé mille fois l'idée de mourir dans ma chambre, de m'endormir à jamais, de ne pas me réveiller le lendemain matin ? Mais ce n'était que dans ma tête, et quand j'ouvrais l'œil, une nouvelle journée commençait, puis une autre, la vie quotidienne s'acharnait à persister.

Le corps a été remis à la famille après une autopsie. On a sauté l'étape des obsèques, comme on le fait généralement pour les suicidés, on est passé directement à celle de la crémation. Parce que la décomposition avait déjà commencé, mais aussi pour se plier à la tradition qui veut qu'on refuse toute marque de respect à ceux qui se sont donné la mort : il fallait faire vite et dans la plus grande discrétion.

J'ai retrouvé le numéro de la mère de Kim Minwoo.

— C'est moi, Uhee.

D'une voix grave mais posée, elle m'a dit :

— Quel vilain garçon !

Elle avait du mal à poursuivre. Elle m'a demandé de venir la rejoindre là où elle se trouvait. Elle m'a indiqué un crématorium municipal au pied d'une montagne dans la province du Gyeonggi, au nord-ouest de Séoul. Sur un côté, il y avait un jardin du souvenir et le columbarium, sur l'autre, un bâtiment habillé de marbre, qui ressemblait à un hôpital. J'ai retrouvé la mère de Kim Minwoo dans la salle d'attente. Son nom, fourni par la police, apparaissait sur la liste des familles des défunts. On lui avait attribué un numéro d'ordre. Elle attendait le tour de son fils. Il y avait une dizaine d'incinérateurs. Le nom et le numéro des corps en cours d'incinération s'affichaient sur un écran électronique. J'attendais dans le silence, assise à côté de la mère de Minwoo, en lui tenant la main. Au bout d'un moment, on a annoncé par haut-parleur que le cercueil de Minwoo venait d'être introduit dans un incinérateur. Un employé, après avoir vérifié que nous étions bien la famille du défunt, nous a conduites devant la paroi vitrée. On a vu les flammes s'intensifier à travers la vitre ignifuge du portillon. La mère de Minwoo regardait sans pleurer.

Un peu plus tard, on nous a conduites devant une table où un employé a déversé les cendres sur un tamis pour récupérer les os pas entièrement consumés. On nous a remis les cendres dans une petite urne de porcelaine. Nous sommes allées les disperser dans le jardin du souvenir. Des restes de neige dessinaient des taches blanches sur les hauteurs alentour, la terre gelée craquait sous nos pas. Tout cela n'avait pris qu'une heure. La mère de Minwoo, en resserrant son foulard, m'a priée de l'accompagner chez elle.

Dans le taxi, puis dans le métro, nous sommes restées silencieuses, plongées tout au fond de notre chagrin. En passant devant le marché de son quartier, elle a acheté des fruits, de la viande de porc cuite, des *sundae*, de la pâte de poisson et deux bouteilles de soju. Son appartement, pourtant inchangé, m'a paru désert. La table, toute modeste qu'elle était, servirait d'autel. On y a étalé les achats et on a versé lentement toute une bouteille de soju dans une bouilloire.

— A son propre enfant, on ne fait pas l'offrande rituelle[1], on va juste garder le silence, m'a-t-elle dit sur un ton très ordinaire en m'adressant un petit sourire. Je n'ai pas de photo à placer sur l'autel, on va se dire qu'il est là, debout devant la fenêtre.

---

1. Lors de la cérémonie funéraire, l'officiant fait tourner trois fois un verre d'alcool qu'il dépose ensuite devant la photo du défunt, ce qu'une mère n'est pas habilitée à faire.

Inclinant la bouilloire, elle a rempli un verre de soju qu'elle a ensuite levé dans la direction de la fenêtre en disant :

— Tu prendras ce verre, je t'ai acheté des *sundae,* que tu aimes bien.

Puis elle a baissé la tête et fermé les yeux. Moi aussi, je me suis inclinée, en silence. Quand j'ai relevé la tête, la mère de Minwoo était toujours prosternée, le visage ruisselant de larmes qui glissaient goutte à goutte sur le plancher. Je retenais mon souffle, sans rien dire. Je ne voyais que ces larmes qui tombaient de plus en plus vite. Au bout d'un moment, elle s'est essuyé les yeux dans un mouchoir en papier et s'est mouchée. Après un long soupir, elle a levé la tête.

— Maintenant, nous allons boire « humainement parlant ».

Elle a dit cela en imitant ma façon de parler comme si elle voulait se soustraire à la situation présente. « C'est trop triste humainement parlant, c'est trop dur humainement parlant, on a trop faim humainement parlant, c'est vraiment odieux humainement parlant, on va trinquer humainement parlant… » J'avais la fâcheuse habitude d'ajouter partout « humainement parlant ». Quand la première fois j'étais venue ici, elle avait trouvé amusante ma façon de parler, et voici qu'elle m'imitait. J'ai pris la bouilloire pour emplir son verre et m'en suis également servi un. En nous regardant, nous avons vidé d'un coup un premier verre, puis un autre, et encore un autre. Du sac à dos de son fils découvert dans sa voiture, elle a extrait un téléphone portable, des vêtements, quelques bricoles, puis son testament. C'était une simple note sur une page arrachée d'un cahier. Avec au recto le message, au verso l'adresse de sa mère, son numéro de portable et le mien. J'ai lu le bout de papier, stupéfaite :

Maman, je suis désolé de ne pas m'occuper de toi jusqu'au bout de ta vie. J'ai oublié de prendre mon ordinateur portable qui est resté dans ma chambre. Va le récupérer. J'avais bossé pour l'acheter.

Et puis, ce n'est pas beaucoup, mais j'ai transféré sur ton compte le peu d'argent que j'ai accumulé jusque-là, je te prie de l'utiliser pour faire un bilan de santé. S'il te plaît. Emmène aussi Uhee avec toi. Je crois qu'elle ne va pas bien. Il faudrait qu'elle puisse quitter cette pièce au sous-sol de son immeuble... Dis-lui que je suis désolé de ne pas lui être utile.

Maman, je t'aime.

Je n'ai pas pu retenir mes larmes. Quel mauvais garçon ! Pourquoi se faire du souci pour les autres en mourant ? Au crématorium, je n'avais pas réalisé qu'il était mort, j'étais même désolée de ne pas verser de larmes, mais là, elles se sont mises à couler comme si une poche d'eau venait de se rompre. Son message qui semblait avoir été

173

gribouillé au volant me rappelait sa façon de parler, lente et un peu maladroite, qu'il adoptai quand il voulait paraître sérieux. J'ai vidé plusieurs verres de suite. Sa mère m'a demandé :

— Tu l'aimais, mon fils ?

Je n'ai pas répondu. Après avoir gardé les yeux sur moi un moment, elle m'a dit sur un ton mélancolique :

— Tu aurais dû.

9

Le président Im de l'entreprise de construction Daedong a été arrêté pour détournement de fonds et abus de confiance. C'est Choi Seung-kwon qui m'a mis au courant, mais les détails de l'accusation, je les ai appris par les journaux télévisés. Après la mise en vente des bureaux du Hangang Digital Center, il aurait, dans le but de financer le projet de construction qu'il était en train de monter, emprunté une somme faramineuse en gageant une société qu'il venait de racheter. Cette opération aurait causé des pertes colossales à la Daedong. De plus, pour faire croire qu'on s'arrachait les bureaux et appartements du Hangang Digital Center et que les candidats affluaient, il aurait truqué le taux de participation des acquéreurs au tirage au sort et ajouté des acheteurs fantômes en utilisant les capitaux de sa propre entreprise. Tout cela pour accroître son chiffre d'affaires de manière spectaculaire et trouver davantage de fonds pour le projet Asia World. J'imaginais sans mal ce qu'il devait demander au bon Dieu dans sa prière de l'aube. N'ai-je pas moi-même ardemment souhaité que sa prière soit entendue ?

Quand je suis arrivé au bureau, Song, mon assistant, m'a chuchoté :

— Vous avez une visite.

— Une visite ? De quoi s'agit-il ?...

Song a ouvert la porte de la salle d'accueil sans en dire plus. Deux hommes, l'un en costume, l'autre en blouson, étaient assis devant des tasses de café. Ils se sont levés, un peu gauches.

— Désolés de venir vous déranger sans nous être annoncés.

L'homme en costume m'a tendu sa carte de visite : il venait de l'inspection financière. Song s'apprêtait à nous quitter. Je l'en ai dissuadé :

— Vous pouvez rester.

Les deux inspecteurs me regardaient droit dans les yeux. Ils m'ont questionné sur mon implication dans le projet de construction du Hangang Digital Center par la Daedong, comment j'ai été amené à dessiner les plans, et m'ont demandé si c'est aussi mon bureau qui a fait ceux d'Asia World. Ils commençaient à m'agacer, mais j'ai fait preuve de patience.

— Nous avons fait les plans en fonction de ce que demandait le donneur d'ouvrage. Vous n'êtes tout de même pas venus là pour voir des plans ?

L'homme en blouson a pris la parole :

— Nous avons des raisons de penser que le projet Asia World, c'est juste du bluff. Un appât pour drainer des fonds.

J'ai décidé d'ignorer la remarque.

— Est-ce qu'il s'agit d'un interrogatoire officiel de témoins ?

— Non, non, monsieur, a fait l'inspecteur en agitant la main. Nous sommes venus vous demander de nous apporter votre concours, c'est un scandale qui va prendre très vite de l'ampleur. Si c'est ici qu'ont été élaborés les plans d'Asia World, nous aurions voulu obtenir des documents pour étayer notre enquête, c'est tout.

— Est-ce qu'on a ce genre de choses ? ai-je demandé à Song.

— Les dessins préparatoires, les photos pour la promotion, on trouve tout cela en ligne, monsieur.

— J'ai quelque chose d'urgent à régler, ai-je fait en ouvrant la porte de mon bureau, vous m'excuserez.

Et je me suis éclipsé.

Peu après, Song est venu me voir après les avoir raccompagnés.

— Je les ai congédiés en leur donnant une petite enveloppe par souci des convenances.

Fort de son expérience de terrain, Song parlait de cette visite comme d'une péripétie tout à fait banale. Moi, j'avais les joues en feu. J'ai passé toute la matinée à me ronger les sangs. Je me suis rappelé le conseil du professeur Yi : me désengager de ces choses. J'ai passé un moment à regarder, sur la carte Google, la topologie des terrains au pied des montagnes et en bord de mer. J'ai eu subitement le sentiment que j'étais en train de chercher un endroit pour construire non pas une maison, mais un tombeau, ce qui m'a un peu calmé. Devant moi, que me restait-il en termes de temps, de relations, de travail ?

J'avais cinq nouveaux messages, dont l'un avait pour titre « Herbe à chien ». Je l'ai ouvert en me disant « on ne sait jamais ». C'était Cha Soona. Elle avait joint un fichier après quelques mots de salutation, comme la dernière fois. Mais ici, elle disait simplement « vous » et non plus « Monsieur Park », ce qui me paraissait beaucoup plus affectueux, beaucoup plus intime.

A Park Minwoo,

Les dernières nouvelles que j'ai eues de vous remontent au printemps. Déjà les feuilles si vertes alors se sont fanées, et au soleil couchant, dans la fraîcheur du vent, il faut maintenant tenir les cols bien fermés. Mesuré à l'aune des saisons, notre âge correspond à cette période de l'année. Les souvenirs de notre jeunesse s'estompent avec le temps, elle ne restera plus qu'à la façon de vieilles photos fanées. Pourtant, mes souvenirs de vous sont encore très clairs dans ma tête. Avec le temps, et surtout en ce moment, ils ressurgissent de plus en plus précis dans ma mémoire.

Vous n'avez pas à vous sentir gêné. Je me plonge dans mes souvenirs comme le font les gens le mon âge. Après le décès de mon fils, je me suis cru abandonnée, seule sur cette terre. J'étais en proie à la crainte et à la peur. Et puis vous avez ressurgi. Je le répète, je n'aimerais pas que vous vous sentiez mal à l'aise. Il s'agit seulement de mes sentiments, mais j'ai l'impression d'avoir retrouvé un frère que j'avais perdu dans ma jeunesse. Je me réjouis de cette sensation, c'est tout, je ne veux rien de vous, je n'attends rien de vous.

Si je pouvais échanger des souvenirs d'autrefois par messagerie, j'en serais déjà très heureuse. Mais si vous ne le permettez pas, je ne vous adresserai plus de message, celui-ci sera le dernier. Je voulais juste vous dire sans rien cacher comment j'ai vécu après votre départ. Aussi pourrais-je oublier ce quartier sur la colline. Non, en fait, celui qui voulait le quitter, c'était vous. Pour ma part… à vrai dire, ce quartier me manque.

J'ai ouvert le fichier joint. Cha Soona disait donc que ce quartier lui manquait. Pourtant, tout semblait indiquer qu'elle y vivait encore. Plongé dans son récit, je me suis laissé entraîner sur les lieux de mon enfance. J'avais le sentiment, en lisant le passage où elle racontait ce qu'elle avait subi de Bout-de-Tronc, puis ma réapparition après une longue absence, qu'elle m'en voulait un peu de n'être pas resté près d'elle. Après cet incident, elle avait passé le plus clair de son temps à lire, s'enfermant dans le grenier du magasin de nouilles.

Celui qui l'avait consolée et aidée à retrouver la paix, c'était Jaemyeong, bien sûr. Quand un bon film était donné au cinéma, il lui faisait porter discrètement une invitation par le colleur d'affiches, et quand il fallait régler quelque problème au magasin de nouilles, il accourait en retroussant ses manches.

Je savais que s'il s'était échappé de ce quartier, c'était pour ne plus revenir. Il m'était arrivé de le rencontrer, mais j'étais devenue tellement pitoyable que je ne voulais pas le croiser à nouveau. Comme je savais qu'il repassait de temps en temps, je restais terrée. Heureusement, lui non plus n'essayait pas de me revoir.

J'ai passé toute une année seule, recroquevillée sur moi-même. Jaemyeong venait à la maison pour une chose ou pour une autre. J'ai appris qu'il avait réglé son compte à Bout-de-Tronc et qu'ensuite, ce dernier avait disparu du coin. Jaemyeong se montrait à mes parents aussi affectueux qu'un fils. Vu ma situation, je n'avais plus rien à espérer de Park Minwoo. Je me suis dit que nul homme ne pourrait me comprendre et me chérir aussi bien que Jaemyeong.

J'ai entendu dire que Minwoo allait partir faire son service militaire. J'ai décidé d'accepter Jaemyeong pour me libérer de Minwoo. Mais le jour où j'ai dû aller m'incliner sur la tombe du père de Jaemyeong dans son village natal, la

ensée que j'allais mourir avec cet homme dans
e village m'a mise au désespoir, j'ai eu envie de
uir. Je ne sais pourquoi je suis allée voir Minwoo.
a voix, au téléphone, trahissait l'embarras, pas
a joie. J'ai regretté d'avoir pris cette initiative
nais je ne pouvais plus reculer. Il me fallait le voir
ne dernière fois coûte que coûte. Mais quelle
anique ! Je crois lui avoir demandé de m'inviter
boire. J'aurais dû partir juste après. Mais je me
isais que j'étais déjà déshonorée, que je ne
ouvais l'être davantage. J'ai pensé aussi que je
ne livrais à une sorte de rite de passage avant de
e laisser partir. Le lendemain, après l'avoir quitté,
'ai marché dans la rue au lieu de prendre le bus.
e marchais en pleurant, attirant sur moi l'atten-
ion des passants. J'ai murmuré : au revoir
Minwoo, c'est moi qui t'ai renvoyé. C'est ainsi que
e l'ai laissé partir ce jour-là.

Après le décès de mon père, nous avons fermé
e magasin de nouilles. Ma mère ne pouvait pas
ssurer seule la préparation de la pâte et l'opéra-
ion de la machine.

Jaemyeong était comme mon mari bien qu'on
'ait pas encore arrangé de cérémonie de mariage.
Grâce à son aide, on a pu acheter une maison à
'angle de la rue en face et ouvrir une petite supé-
ette. J'ai arrêté mon travail au bureau pour
econder ma mère au magasin. Jaemyeong venait
asser la nuit avec moi tous les quatre ou cinq
ours. C'est par lui que j'ai appris que Minwoo

allait partir étudier à l'étranger avec sa future
femme. Quelques mois plus tard, Jaemyeong a été
emmené de force. Il paraît que la police avait ordre
d'emmener des quotas prédéterminés pour chaque
quartier, ce qui fait qu'ils ont embarqué des petits
voyous sans envergure, qu'ils connaissaient bien
et qui ne représentaient aucun danger véritable
pour la société. Aller voir Minwoo me mettait au
supplice, mais je n'avais personne d'autre à qui
m'adresser.

Jaemyeong est revenu un mois plus tard, aussi
maigre qu'une morue séchée, complètement
laminé. Il lui a fallu un an pour retrouver sa forme
physique. Nous avons commencé à vivre ensemble,
ce qui me permettait de mieux m'occuper de lui.
Nous avons eu une fille. Je n'ai jamais retrouvé
l'homme gai et plaisant que j'avais connu avant.
Au camp de rééducation de Samcheong, ils l'ont
démoli physiquement, et plus encore mentalement.
Lui qui s'était juré de ne plus rouvrir de bar, il a
commencé à revoir ses anciens amis du quartier
dès qu'il a recouvré un peu de santé. J'ai su plus
tard qu'il organisait des jeux d'argent et touchait
aussi à la drogue. Ces salles de jeu secrètes s'ap-
pellent des « Houses ». Il avait engagé des joueurs
professionnels. Les gens pleins de fric qu'il attirait
là se faisaient plumer. Au début, il me disait qu'il
faisait commerce de voitures d'occasion étran-
gères, qu'il avait ouvert un dépôt d'alcool en gros
pour m'acheter des bijoux, je croyais à tous ces

mensonges. Quelques années plus tard, dans un affrontement entre clans, il y a eu un mort, il a été arrêté et condamné à quinze ans de prison.

Notre fille est morte de la rougeole peu après l'arrestation de son père. Je le lui ai caché, mais quelqu'un a dû le lui dire, car lorsque je suis allée lui rendre visite en prison, il a refusé de me voir. Il m'a fait passer une note par un gardien : « Ce n'est plus la peine de venir me voir, il n'y a même plus d'enfant entre nous, essaie de trouver un autre chemin. » Il a demandé son transfert dans une autre prison, j'y suis allée, là aussi, mais jusqu'au bout il a refusé de me voir.

Trois ou quatre mois après que j'ai rejoint ma mère pour l'aider à tenir sa supérette, un homme a fait irruption dans notre magasin. Il vendait des livres en faisant du porte-à-porte. Il avait trois ans de moins que moi, il présentait bien et se montrait plutôt réservé. Démarcheur, ce n'était pas un métier bien solide. Il en avait fait beaucoup d'autres avant celui-ci. Il n'avait étudié que jusqu'à la fin du lycée. Moi qui aimais tellement lire, j'ai été attirée par la collection des littératures du monde en trente volumes. S'il avait fallu payer en une seule fois, je n'aurais jamais pu en envisager l'achat, mais il était possible de régler en dix fois. Cet homme n'a pas eu besoin de faire de gros efforts pour me persuader. Il est reparti tout content d'avoir fait une vente sans trop se donner de mal. A compter du mois suivant, il est venu

régulièrement pour encaisser les mensualités. S'il
avait été juste un vendeur de livres, je ne l'aurais
pas suivi pour aller vivre avec lui. Mais lui aussi
aimait lire, il a continué de m'apporter des livres
qu'il proposait à la vente. Comme jadis avec
Minwoo, nous avons lu les mêmes œuvres, et nous
échangions nos impressions. Il nous arrivait
d'avoir des opinions divergentes, débouchant
parfois sur des disputes. Avec le temps, je me suis
attachée à lui. Mais il n'était pas fait pour le
démarchage. Nous sommes allés à Incheon, sa ville
natale. Et là, nous nous sommes mis à vendre des
fruits, des légumes et des œufs dans une camionnette.
C'est ainsi que j'ai commencé une nouvelle vie.

Ils ont eu un fils tout de suite. Bien que ne
disposant que de modestes moyens, ils ont vécu
heureux plusieurs années, sans nourrir de grandes
ambitions. Le mari de Soona manquait d'esprit
d'entreprise, mais il était diligent. En quittant leur
logement à loyer mensuel et en emménageant dans
un appartement réglé avec un dépôt de garantie,
ils sont parvenus à économiser un peu d'argent.
L'année où leur garçon avait dix ans, son père a
eu un grave accident de voiture. Il ne percevait
aucune indemnité. Endetté, il est resté alité jusqu'à
sa mort. A ce moment, Soona, de nouveau, a
touché le fond. Elle a tout fait, ménages, cuisine
dans des restaurants, service d'entretien et de
propreté… Le peu d'argent qu'elle gagnait lui

permettait à peine de payer les intérêts de sa dette. Prise par son travail, elle n'avait guère le temps de s'occuper de son fils. Heureusement, gentil, d'un naturel tranquille à l'image de son père, il a grandi sans problème. Peu doué pour les études, il a suivi une formation technologique en deux ans, puis trouvé du travail en CDD dans une grande entreprise. Là, il est devenu l'assistant du chef d'équipe des ouvriers chargés de la démolition sur les sites de construction. Sa mère rapportait, sur le même ton serein, qu'il avait toujours été consciencieux dans son travail, essayant de vivre honnêtement. Je me suis arrêté sur ce passage où elle parlait de la vie de son fils parmi les ouvriers des chantiers. J'ai vu se dérouler sous mes yeux des scènes qui me sont familières. En lisant, j'avais du mal à respirer. J'ai eu la drôle de sensation qu'un lien, frêle et invisible, nous unissait. Elle disait que son fils, après avoir enchaîné les petits boulots, avait mis fin à ses jours. La lecture de son récit jusque-là m'avait pris à peine une heure. Plusieurs dizaines d'années de sa vie avaient pris juste une heure de mon temps avant de s'en retourner dans le passé.

Elle ajoutait qu'elle avait trouvé mon nom par hasard sur une affiche devant la mairie, où elle passait en bus. A la fin, elle écrivait ceci :

Mon cœur s'est mis à battre quand j'ai vu sur la photo que vous aviez pris un coup de vieux. Après la mort de mon fils, je suis retournée voir

le marché de Dalgol, où je n'avais plus remis le
pieds depuis bien longtemps. Les traces du passé
gravées dans ma mémoire ont toutes disparu : le
magasin de pâte de poisson de vos parents, notre
magasin de nouilles, le robinet d'eau, la boutique
des cireurs de Jaemyeong, le cinéma, le passage
aérien, tout a disparu. Ces endroits, me suis-je dit,
n'ont peut-être jamais existé. Ces quarante années
sont passées si vite. Alors que les gens qui ont vécu
avec nous et ceux qui sont nés après nous vont e
viennent à grands flots dans ces rues...

Ah, j'ai oublié une chose. Mon fils, je l'avai.
appelé Minwoo. Kim Minwoo. Je voulais qu'il soi
heureux, c'était mon vœu le plus cher, même s'i
était pauvre, même s'il devait vivre dans l'indi-
gence comme nous autrefois. Mais qu'avons-nou.
fait de mal, comment avons-nous fait pour donner
à nos enfants un pareil destin ?

Ainsi se terminait le récit de Soona. Je sentais
qu'elle me faisait des reproches. C'était un réci
fort bref, qui résumait toute une vie. Comme une
partie de la mienne s'y trouvait insérée, je
revoyais, entre les mots, des scènes et des visages
figés dans le temps. Troublé, j'ai fait des allers-
retours dans mon bureau, puis je suis resté immobile un long moment devant ma fenêtre. J'avais
l'impression de m'estomper petit à petit. Mes
bras, mes jambes s'effaçaient, puis mes reins
mon ventre. Je voyais la partie supérieure de mor

orps flotter comme une photo en surimpression
ur le paysage à l'extérieur de la fenêtre. Qui
s-tu ? me demandait celui qui était de l'autre
ôté de la fenêtre.

— Monsieur, vous ne répondez pas au télé-
hone ?

Mon assistante venait d'entrouvrir la porte
our m'avertir. Mon portable continuait de sonner
ur la table. Tandis que je le prenais, j'ai demandé
la jeune femme :

— Y a-t-il des cigarettes quelque part ?

Elle m'en a apporté un paquet avec des allumettes. J'en ai allumé une, j'ai aspiré une longue
ouffée. Comme il y a bien longtemps que je
'avais pas fumé, j'ai senti ma tête tourner. Je me
uis laissé tomber sur ma chaise. C'était le profes-
eur Yi Yeong-bin qui m'appelait. Je lui ai demandé
ans manières :

— Où es-tu ? Qu'est-ce que tu fais en ce moment ?

Son deuxième fils se marierait très bientôt,
'a-t-il répondu, il m'enverrait un carton d'invi-
ation. Quand je lui ai proposé de prendre un verre,
l m'a demandé ce qui se passait, surpris. Il était
éjà pris ce soir, mais demain, il serait libre. Ce
'est pas la peine, lui ai-je dit, on se verra une autre
ois. J'ai fumé ma cigarette jusqu'au bout, jusqu'au
moment où le filtre commence à se carboniser.
Prostré, pris de vertige, je suis resté assis là, long-
emps, la tête vide, fixant sans le voir l'écran de
mon ordinateur.

187

Au bout d'un moment, dans la fenêtre de recherche, j'ai saisi : « Réaménagement urbain ». Une quantité d'informations a défilé, textes e photos. J'avais passé dix années aux Etats-Unis où, après mes études, j'avais participé à divers projets internationaux sur place. De retour en Corée avec ma femme et ma fille, j'avais réintégré à presque quarante ans, l'agence Hyunsan comme directeur d'un département. En cette époque du boom immobilier, la boîte connaissait une forte croissance. Il y avait, sur le Web, des images sur les travaux d'aménagement urbain que Yun Byeonggu et moi avions enchaînés les uns après les autres au milieu des années 1990. C'est dans ces années-là que le grand magasin Sampung s'est effondré. 80 % des bâtiments construits pendant cette période ne respectent pas les normes de sécurité. Même s'ils avaient passé avec succès le contrôle des autorités municipales, il aurait fallu faire des travaux de consolidation. Telle était la situation à l'époque. La conception, la construction, la finition, tout s'effectuait à la va-vite, et rien ni personne ne remettait en question ces méthodes expéditives qui enfreignaient constamment les règles. Des méthodes qui dopaient le marché de l'immobilier. C'est dans ce contexte que j'ai créé ma propre agence et que Byeonggu, Patate-Brûlée, s'est lancé dans la politique. Les photos de travaux de réaménagement auxquels j'avais participé il y avait à peine dix ans défilaient sur l'écran.

Je revoyais les visages souriants des gamins dans les venelles étroites et enchevêtrées d'un quartier aux maisons couvertes de toits bas sur la pente d'une colline. Tous ceux qui ont été chassés de ces quartiers, où vivaient-ils à présent, qu'étaient-ils devenus ? Ces petites masures collées les unes aux autres comme des coquillages sur les rochers ont été remplacées par de gigantesques tours d'appartements défiant le ciel. Je revoyais ces maisons à moitié écroulées, ces carcasses de voitures oxydées, abandonnées dans les ruines à la lisière de la plaine. Les ruelles où, après l'évacuation des habitants, plus personne ne passait étaient déjà envahies par les herbes sauvages. Là-bas, à l'angle d'un vieil immeuble dont on aurait dit qu'il avait été bombardé, un chien décharné rôdait à la recherche de son maître. Je revoyais la procession des manifestants, surtout les femmes, qui brandissaient sur des pancartes des protestations rédigées d'une écriture maladroite. C'étaient des scènes que j'avais vues de loin un jour que j'étais allé sur place avec Byeonggu pour me faire une idée précise d'un chantier de construction. Quand les gardiens étaient arrivés pour disperser les manifestants, juste avant que les bulldozers et les pelleteuses Poclain n'entrent en action, nous étions partis, nous avions sauté dans la voiture, incapables de supporter le spectacle.

Ah ! je revois les dernières images du quartier où je vivais. Le projet de réaménagement avait été conduit par une entreprise que je connaissais bien. Comme mes parents étaient partis bien avant qu'on reconstruise, je ne m'étais pas soucié de ce qu'était devenu ce secteur. Et si Soona ne m'avait pas recontacté, je l'aurais complètement oublié. Je vois la grand-rue qui donnait sur le marché, les petites baraques avec leurs enseignes. Devant une échoppe, Myosun et Soona font une partie d'osselets, moi je suis en plein combat de coq, à cloche-pied, avec Jaemyeong et ses frères. Les enfants que j'aperçois me sont inconnus, mais eux aussi ont dû grandir dans cet espace, comme nous jadis, en caressant les mêmes rêves.

Les souvenirs que je conserve de cette période sont différents de ceux qu'ont gardés les gens qui habitaient là. Les miens, ce sont surtout des souvenirs des interventions qui ont rayé d'un trait leurs propres souvenirs. En font partie le syndic associatif mis en place par notre équipe de consulting, l'agence de conception, l'entreprise de démolition, la société de construction maîtresse d'ouvrage, le conseil municipal, le régime politique lui-même, tous ces rouages interdépendants fonctionnant comme une chaîne alimentaire. Les innombrables réunions, les repas arrosés, les rencontres sur les terrains de golf, les chèques-cadeaux, les produits de luxe, le liquide, les rapports financiers détaillés et minutieux, les factures et les reçus... le président Yun Byeonggu et moi, nous connaissions tout cela trop bien. Devenu député, Yun avait été réélu mais n'avait pas pu terminer son deuxième mandat à cause du scandale. Je l'avais aidé plus d'une fois. Plus exactement, nous avions besoin l'un de l'autre. Réduit à l'état de légume, il est alité maintenant, écrasant sous son poids tous les souvenirs qu'il a accumulés depuis l'époque de Yeongsan. Longtemps, je me suis dit que j'avais eu de la chance d'avoir réussi à m'arracher à des conditions de vie misérables. Comme tous ceux qui, ayant traversé cette époque, se réjouissent, persuadés qu'ils ont amélioré leur train de vie, qu'ils ne sont pas restés à la traîne.

J'ai cliqué à nouveau sur le message de Soona. J'ai relu la fin de son récit :

Mais qu'avons-nous fait de mal, comment avons-nous fait pour donner à nos enfants un pareil destin ?

J'ai cliqué sur « Répondre » :

Je vous remercie de vous être souvenu de votre vieil ami. Bien que tardivement, j'aimerais vous revoir, si vous voulez bien. Dites-moi l'heure et le lieu qui vous conviendraient. J'attends de vous lire bientôt.

10

J'ai mis de l'eau à chauffer pour me faire du thé. Pour mon déjeuner, je mangerai une des boulettes de riz que j'ai rapportées de la supérette. Je garde les deux autres pour plus tard, quand j'aurai dormi. J'ouvre mon ordinateur, les fichiers habituels apparaissent sur l'écran d'accueil. Celui des films téléchargés, mon cours de conversation anglaise, celui qui contient les pièces de théâtre que j'ai écrites, mes photos, etc. Ceux que j'ouvre le plus souvent en ce moment, ce sont « Herbe à chien » et « Tee-Shirt-Noir ». Comme d'habitude, je consulte les titres des infos sur le Net. Une nouvelle me saute aux yeux : le président Im de l'entreprise de construction Daedong a été arrêté pour détournement de fonds et abus de confiance. Je lis l'article en diagonale. Ensuite, je jette un œil à ma messagerie. Il y a un mail de ma grande sœur, un autre du patron de la troupe de théâtre qui m'invite à mettre en scène avec lui une prochaine pièce, et un autre, de M. Park Minwoo. Il me propose de me voir. Je sens que le moment approche de mettre un terme à ce jeu.

Après la mort de Kim Minwoo, je suis allée passer mes week-ends à Bucheon avec sa mère. Nous nous appuyions l'une sur l'autre. L'absence de Minwoo m'avait précipitée dans une profonde détresse. Je me reprochais ma tiédeur à son égard, comme si j'étais responsable de sa mort. Avec le temps, mon trouble s'est petit à petit atténué. Il faut bien que les vivants continuent de vivre, disait sa mère. Il nous arrivait même de rire en mangeant et en buvant ensemble. Comme le disent les gens de ma génération, elle était « cool ». Entre elle, qui avait l'âge de ma mère, et moi, il y avait une sorte de connivence amicale. Elle avait une sorte de pudeur de jeune fille éprise de littérature. Elle avait conservé l'esprit d'enfance. C'est pour cela que nous nous entendions bien.

Un jour de ce printemps – les fleurs étaient pleinement écloses –, nous sommes allées boire de la bière en ville ; elle m'a parlé du viol dont elle avait été victime adolescente. Elle se souvenait de tous les détails, elle me les a contés, calmement. J'ai compris, en l'écoutant, qu'elle avait noté des choses dans un cahier. Un peu avant, elle m'avait demandé de lui apprendre à se servir d'un ordinateur, et elle s'était mise à utiliser le portable de son fils. Elle était fière de savoir taper à la machine (après le lycée, elle avait été comptable, la dactylographie lui avait été utile). Je lui ai demandé ce qu'elle écrivait.

— Une sorte de journal, m'a-t-elle répondu. Pour me dire que, oui, tu as fait ceci et cela, tu as vécu comme il faut… c'est ma façon de me consoler.

J'ai compris ce qu'elle voulait dire. Quand on souffre, si on tient un journal ou si on écrit à quelqu'un, certes il arrive que l'on tombe dans l'apitoiement sur soi-même, mais quand même, cela aide. Un jour, dès qu'elle m'a vue arriver chez elle, elle m'a dit, tout excitée, que quelqu'un qu'elle connaissait bien depuis son enfance donnait une conférence à la mairie. Elle m'a raconté sa vie dans un quartier défavorisé sur une colline, et elle m'a révélé en même temps tout ce qui s'était passé avec cet homme. Je l'ai interrompue :

— C'est pour ça que Minwoo portait le même nom que lui. Est-ce que le père de Minwoo…

Alors, elle m'a arrêté en riant :

— Dis, tu es déjà en train de faire un feuilleton ?

— A la conférence, on va y aller ensemble. On ne sait jamais, il sera content de vous revoir.

— Non, a-t-elle fait en secouant la tête. J'ai tellement grossi, il serait déçu.

Et, en baissant les yeux sur ses hanches, elle a poussé un long soupir.

— Lui, il a quitté le quartier depuis longtemps, il appartient à un autre milieu.

Le jour de la conférence, je suis allée écouter l'architecte sans rien dire à mon amie. A l'issue de

195

son intervention, j'ai réussi à lui passer le nom et le numéro de téléphone de la mère de Kim Minwoo. Quand j'ai rapporté à celle-ci ce que j'avais fait, elle m'a grondée :

— Mais qu'est-ce qui t'a pris de penser à ce genre de choses ?

Pour détourner sa colère, j'ai rusé et proposé un pari.

— Arrête de raconter des bêtises, m'a-t-elle rétorqué. S'il m'appelle, je dirai qu'il s'est trompé de numéro.

— En tout cas, je parie cinquante mille wons qu'il appellera.

— Moi, je parie cent mille que non.

— Sûre ? S'il appelle, je gagne donc cent mille wons, promis ?

En plein milieu de la nuit, alors que j'avais déjà oublié notre conversation, elle m'a appelée. Elle avait bu. Park Minwoo avait téléphoné, mais comme elle était au travail, elle n'avait pas pu prendre, et elle avait reçu un SMS. Elle n'était pas alcoolique, mais depuis qu'elle était seule, elle se laissait un peu aller à boire. Je lui ai dit de ne pas boire seule, car elle avait de l'hypertension. Elle m'a répondu, d'une voix dolente qu'avec l'alcool le temps passait plus vite. Que ce soit la nuit ou le jour, le temps lui durait moins. Comme j'insistais, lui faisant part de mes soucis, elle a ajouté d'une voix traînante :

— C'est une grande félicité, dit-on, de quitter ce monde dans son sommeil… Ça ne me déplairait pas.

Le week-end suivant, je voulais aller lui rendre visite et la presser, pour m'amuser, de me donner les cent mille wons de notre pari. Mais l'étudiant qui gardait la supérette le week-end ayant brusquement démissionné, j'ai été obligée de le remplacer et je n'ai pu disposer de mon jour de repos. La semaine suivante, j'ai dû aller assister à la répétition de ma pièce, la première approchant. Les jours me glissaient entre les doigts. Je n'avais même pas le temps d'appeler la mère de Minwoo, nous nous contentions d'échanger des SMS. Un jour, elle m'a dit dans un message qu'elle avait parlé au téléphone avec son architecte. Mais quand je l'ai poussée à aller le rencontrer, elle a refusé énergiquement.

La veille de la représentation, alors que j'étais en route pour rentrer chez moi, j'ai reçu son dernier SMS :

Tu es à la maison ? Tu as dû avoir une dure journée. Ta représentation commence demain ? Si je ne peux pas y aller demain, j'irai après-demain. On ne s'est pas vues depuis un moment, tu me manques.

Mais elle n'est pas venue voir la pièce, ni la semaine suivante, ni celle d'après.

J'ai gardé certains objets qu'elle m'avait laissés. Elle a suivi son fils dans la mort quelques mois après lui. Comme elle l'avait souhaité en plaisantant, elle a quitté ce monde dans son sommeil. Elle est décédée d'une attaque cérébrale, chez elle, dans son lit, en dormant.

C'est moi qui ai découvert son corps. Notre représentation théâtrale entrait dans sa troisième et avant-dernière semaine. Elle ne s'était toujours pas montrée et je n'avais pas de nouvelles, alors je l'ai appelée. Elle ne répondait pas au téléphone ni à mes SMS, son portable était toujours fermé. J'étais inquiète. Un jour, après mon travail à la supérette, je suis allée la voir. Toutes sortes d'affichettes publicitaires des restaurants chinois du quartier étaient scotchées à sa porte. J'ai appuyé sur la sonnerie, un oiseau a chanté à l'intérieur. Nulle autre réaction. J'ai insisté. J'avais pour seule réponse le chant mécanique de l'oiseau. Je connaissais le numéro du digicode : c'était l'anniversaire de Kim Minwoo.

La porte ouverte, une odeur nauséabonde m'a agressée. Quand j'ai allumé, j'ai d'abord découvert les bouteilles de soju et de bières ouvertes et non terminées sur la table du séjour-cuisine. Dans la chambre, dépassant d'une couverture étendue par terre, un visage gris comme du cuir humide. Je me suis immobilisée, médusée, la main devant ma bouche. Puis je me suis précipitée au bureau du gardien. Les policiers sont venus, une autopsie a été effectuée le lendemain, et tout le reste s'est déroulé rapidement, en suivant les procédures administratives comme cela fut le cas pour

Minwoo. Qu'un être humain quitte cette terre n'avait donc pas de signification particulière. Partout des gens meurent pour une raison ou une autre et d'autres naissent. Mourir et naître, cela fait partie de la vie quotidienne.

Lorsqu'un policier m'a demandé si j'étais de la famille en ligne directe, j'ai prétendu que j'étais la fiancée du fils de la défunte, ce qui m'a permis de récupérer l'ordinateur portable, les cinq gros cahiers et la collection de photos rangées dans des boîtes de gâteaux et des coffres de vêtements traditionnels. Pour les photos, j'ai vite regretté mon geste. Je ne savais qu'en faire. J'irais un jour les brûler sur les bords déserts de la rivière de Chungju, là où Minwoo a été retrouvé.

En sortant de chez elle avec ces reliques, mon regard a été attiré par de l'herbe à chien qui avait poussé dans un pot de fleurs devant la porte d'entrée. Elle était jaune, fanée, depuis longtemps délaissée. Cette herbe-là, ce n'est pas quelque chose qu'on plante, ai-je pensé. Des graines avaient dû être apportées par le vent. Pourtant, pour qu'elle devienne aussi touffue, elle avait dû l'arroser.

Je me suis plongée dans ce qu'elle avait écrit. Cela faisait un volume assez considérable. Je me demande quand elle trouvait le temps de taper. Elle avait déjà entré le contenu de tout un cahier dans l'ordinateur. Sur le papier, les phrases écrites au stylo accusaient des maladresses, mais dans l'ordinateur elles étaient parfaites. Elle avait dû les retravailler récemment – on aurait pu publier cela tel quel. Un jour, alors que je poursuivais ma lecture, une idée m'a traversé l'esprit. Le premier lecteur de ce récit, ce devait être ce monsieur.

Après avoir résumé le récit, j'ai pris contact avec lui en me présentant sous le nom de la mère de Minwoo. Je sais déjà beaucoup de choses de lui. Je trouve chaque jour, sur le Web, des nouvelles et des informations le concernant. Lorsque je lui écris, je me mets dans la peau de Cha Soona, du quartier de la colline. Une fois, j'ai même rêvé à lui. Rentrée de la supérette, je m'étais endormie sur la rédaction d'une pièce, une pluie torrentielle s'abattait, des flots d'eau boueuse dévalaient l'escalier, en un clin d'œil ma chambre était inondée, Kim Minwoo me tendait la main alors que je m'agitais en disant qu'il fallait vite déguerpir. Et quand j'ai réussi non sans mal à me dégager de l'eau, j'ai vu que l'homme qui me tendait la main, ce n'était pas Kim Minwoo mais Park Minwoo !

Il me faut descendre de la scène à présent. Je dois répondre au message de Park Minwoo. Jeong Uhee et Cha Soona se disputent pour savoir qui s'exprimera la première. Mais au moment de taper sur le clavier, je redeviens naturellement Cha Soona :

A Park Minwoo, j'aimerais vous revoir moi
aussi juste une fois...

Je suis arrivée une heure avant celle du rendez-
vous afin de voir le quartier. Je ne sais pas à quoi
exactement il ressemblait jadis, en tout cas rien ne
permettait de ressentir l'atmosphère décrite dans le
récit de la mère de Minwoo. Des immeubles résiden-
tiels tous identiques se dressaient sur la pente. Des
feuilles parées de leurs couleurs d'automne restaient
encore accrochées aux branches de grands arbres.
Sur toute la longueur des trottoirs s'alignaient des
épineux, pins et sapins. Une jeune maman poussait
une voiture d'enfant équipée d'un pare-soleil. Des
gosses jouaient avec un chien au pelage blanc.
Leurs rires clairs s'élevaient dans les airs.

Quittant le vaste complexe d'appartements,
je suis entrée dans l'hôtel. Il se dressait, m'a-t-on
expliqué, sur le site où se tenait autrefois un
cinéma. Je suis montée au lounge au dernier étage.
Je me suis assise à une table tout au fond, près de
la baie vitrée. J'étais venue un peu plus tôt pour
repérer l'endroit. La fenêtre donnait sur le côté est,
la fin de l'après-midi étendait déjà son ombre. Je
voyais les tours d'appartements se dresser comme
un paravent devant la chaîne de montagnes au loin.

Park Minwoo est apparu à l'heure prévue. Il
était en costume gris sombre, sans cravate. Il regardait partout autour de lui, j'ai baissé la tête pour
éviter de croiser son regard. Il s'est approché de

la baie pour contempler un moment le paysage. Peut-être cherchait-il des traces du passé. Comme il restait debout, un garçon s'est approché de lui en disant quelque chose pour le guider. Il a pris place sur une chaise, sans hâte. Il était assis non loin de moi, me tournant le dos. J'avais sous les yeux ses cheveux poivre et sel et le début de calvitie qui dégarnissait le sommet de son crâne. Sa veste se tendait sur son dos un peu voûté. Je me disais que le dos d'un homme âgé a toujours quelque chose d'un peu mélancolique. Il regardait par la fenêtre et, de temps en temps, comme s'il avait oublié, il jetait un coup d'œil sur l'entrée. Il était tourné vers le passé, un passé qui, me suis-je dit, était le présent, devenu le mien, de la Soona de l'époque. Il a repoussé l'extrémité de sa manche pour vérifier l'heure à sa montre. L'heure du rendez-vous était passée depuis déjà vingt minutes. Je me suis levée pour m'approcher de lui. Quand j'ai été à son niveau, son portable a sonné, et j'ai entendu sa voix :

— Oui, c'est ton père. Tout va bien ?

J'ai dépassé sa table, et je suis sortie. Combien de temps resterait-il là-haut à attendre ? Il ne lui faudra pas trop de temps, ai-je pensé, pour comprendre que ça n'en vaut pas la peine. Je ne sais jusqu'à quand je vais devoir vivre dans la peau de Cha Soona. Pour le moment, cela me permet de tenir bon, et surtout j'ai encore des choses à dire. C'est que mon histoire n'a pas été dite tout entière, ni celle de Cha Soona.

*

Ma fille m'a annoncé qu'elle viendrait peut-être passer l'hiver à Séoul. Bénéficiant d'une année sabbatique, son mari souhaitait venir en Corée. J'ai demandé, sans réfléchir :

— Et ta maman ?

— Nous viendrons seuls, a-t-elle répondu.

Puis, après un silence, sur un ton de reproche :

— Mais papa, te rends-tu compte que toi, tu n'es jamais venu nous voir ?

Après l'appel de ma fille, j'ai attendu Cha Soona encore une demi-heure, mais elle n'est pas venue. J'ai hésité à l'attendre un peu plus. Finalement, je me suis dit que ce n'était pas la peine, et je me suis levé. Pourquoi n'était-elle pas venue alors que c'est elle qui avait fixé le lieu du rendez-vous ?

Dehors la nuit tombait, la nuit déjà. Le long des trottoirs couverts de feuilles mortes, l'herbe à chien fanée s'inclinait sous le vent.

— Regarde, il paraît que tout ça, ce sont de mauvaises herbes, me disait ma femme en nettoyant le gazon, comme si elle venait de faire une grande découverte. Assis sous un parasol sur la terrasse de planches, je jetais des coups d'œil distraits dans sa direction avant de me replonger dans mon journal.

— Ces herbes prolifèrent tellement que, si on les laisse, elles étoufferont le gazon. Les trous qu'on voit ici et là, c'est à cause d'elles…

Elle grommelait ainsi, l'été, en désherbant le jardin. Au bout de dix années de pratique de l'architecture en Corée après mon retour des Etats-Unis, je m'étais fait construire une maison sur un terrain que j'avais acquis dans une ville nouvelle de la banlieue de Séoul. Ma femme, son origine aidant, n'aimait pas se salir les doigts dans le jardin, mais voyant nos voisines aller à trois ou quatre acheter des fleurs pour les planter chez elles, son sens de la compétition s'était mis à fonctionner. Très vétilleuse, elle avait l'œil sur ce qui se passait chez nos voisins et ne supportait pas que ce soit moins bien chez elle. Un moment, elle s'était même donné la peine d'aller chercher des fleurs sauvages rares chez les fleuristes. Pour bien soigner ce jardin, guère plus grand que la main, il fallait quand même se donner un peu de mal.

Moi, bien qu'ayant conçu la maison, je ne m'intéressais pas du tout au jardin, prétextant mes nombreuses occupations à l'extérieur. Ma femme me le reprochait : elle ne comprenait pas pourquoi, dans ces conditions, nous avions emménagé dans une maison. De plus, elle avait très peur quand elle devait rester seule la nuit.

Je me posais la question de savoir quand nous avions semé du gazon dans notre jardin. Autrefois, la cour, devant les maisons, était en terre, ou bien couverte d'un sable grossier. Le long des murs, on aménageait des plates-bandes pour faire pousser des pourpiers, des balsamines, des reines-marguerites, des pivoines… ou bien on faisait un petit potager. Le gazon, mal adapté au climat d'ici, on ne l'utilisait que pour couvrir le tumulus des tombes. Mais on s'est mis à en mettre dans les jardins, il est devenu un symbole des classes moyennes. Un jour, je suis resté dans le jardin à me demander si je ne devrais pas enlever ce gazon et le remplacer par du sable grossier. J'avais découvert des touffes d'une herbe familière qui avait réussi à pousser comme un duvet hirsute entre les fleurs le long des murs. Ma femme et la femme de ménage les avaient épargnées. C'était de l'herbe à chien. J'avais, dans un premier temps, été tenté de l'arracher, puis je m'étais ravisé. Car, en fin de compte, elle se mariait plutôt bien avec les fleurs plantées.

Ma femme et moi n'avons pas vécu très longtemps dans cette maison. Elle me cassait tellement les pieds que nous avons emménagé dans une des tours d'habitation chic du sud de Séoul, au sein d'un complexe de bureaux et d'appartements de standing. Moi, je n'ai jamais aimé ces appartements dans des étages élevés. Notre relation est devenue si détestable que notre vie commune était définitivement compromise. Et comme elle passait de plus en plus de temps chez notre fille, j'ai emménagé seul dans le condominium où j'habite actuellement. Cet appartement ne me plaît pas non plus. Mon seul plaisir aujourd'hui est de consulter les cartes sur mon ordinateur à la recherche d'un emplacement et d'imaginer la nouvelle maison que j'aimerais y construire. Mais je n'ai plus de famille avec qui l'habiter.

Je suis resté immobile, les yeux dans le vague, en plein milieu de la rue, ne sachant où aller.

Achevé d'imprimer en Espagne par

Dépôt légal : août 2019